OSSOS DE ECO

Texto fixado conforme as regras do novo Acordo Ortográfico da Língua Portuguesa (Decreto Legislativo nº 54, de 1995).

Título original: *Echo's Bones*

Editor responsável: Ana Lima Cecilio
Editor assistente: Thiago Barbalho
Preparação: Iuri Pereira e Thiago Blumenthal
Capa: Renata Zucchini Reschiliani
Diagramação: Jussara Fino
Imagem da capa: Laura Erber

CIP-BRASIL. CATALOGAÇÃO NA PUBLICAÇÃO
SINDICATO NACIONAL DOS EDITORES DE LIVROS, RJ

B356o

Beckett, Samuel, 1906-1989
Ossos de eco : um conto inédito / Samuel Beckett ; organização Mark Nixon ; tradução Caetano W. Galindo , Rogério W. Galindo. - 1. ed. - São Paulo : Biblioteca Azul, 2015.
149 p. : il. ; 21 cm.

Tradução de: Echo's bones
ISBN 9788525058911

1. Conto irlandês. I. Nixon, Mark. II. Galindo, Caetano W. III. Galindo, Rogério W. VI. Título.

15-26564 CDD: 828.99153
CDU: 821.111(415)-3

1ª edição, 2015

Editora Globo S.A.
Av. Nove de Julho, 5229 — 7º andar
São Paulo — SP — 01407-200 — Brasil
www.globolivros.com.br

SAMUEL
BECKETT

OSSOS DE ECO

conto inédito

Organizado por Mark Nixon

Tradução de Caetano W. Galindo & Rogerio W. Galindo

BIBLIOTECA AZUL

SUMÁRIO

NOTA DOS TRADUTORES

Diante de um texto com a complexidade, a riqueza, o grau de bizarria e de invenção deste *Ossos de eco*, talvez o melhor fosse apenas se calarem os tradutores. O que argumentar, afinal? Afinal em que se agarrar? Ainda mais se contamos com todo um belo aparato de notas já presentes na edição original deste inédito tardio de Beckett. No entanto, vale apenas o registro de que na nossa tentativa de responder à altura a todos os desafios propostos pela imaginação e pela verve linguística do autor, acabamos por "ofender", putativamente, sensibilidades mais tradicionais. Beckett se move, aqui como em toda sua primeira ficção, entre todos os níveis de formalidade e informalidade, regionalismo e universalidade disponíveis na língua inglesa de seu tempo. Gíria, jargão profissional, anacronismo, dialeto, pidgin, arcaísmo... tudo servia como matéria, e não necessariamente de acordo com qualquer princípio reconhecível de caracterização, por exemplo, num texto em que mesmo a estabilidade da categoria "personagem" já pode ser questionada. Beckett se move a seu bel prazer (e para encanto dos leitores) entre essas esferas como um organista escolhe registros: colorindo, destacando, sublinhando matizes e nuances. Uma das primeiras coisas que podem saltar aos olhos na nossa versão, especialmente por se tratar de um mecanismo que não encontra correspondência exata no inglês, é o uso (abuso?) de variações de padrões de tratamento. Tu, vós, você, todos eles puderam ser intercambiáveis, às vezes num mesmo parágrafo, conforme o ouvido ou o riso nos faziam sentir sua maior ou menor adequação. Em alguma medida respeitamos, assim, a oralidade brasileira de todo o século XX, pródiga nestas "misturas"; em outra, tentamos usar o que de nosso pudesse responder aos procedimentos de Beckett. Tomara. Afinal, é assim neste mundo.

Caetano W. Galindo
Rogerio W. Galindo

AGRADECIMENTOS

Minha primeira dívida de gratidão é para com Edward Beckett, que apoiou o projeto dessa publicação desde o início, vários anos atrás. Eu também gostaria de agradecer à Beckett International Foundation assim como ao departamento de Coleções Especiais da Universidade de Reading, à Rauner Library do Dartmouth College em Hanover, ao Harry Ransom Humanities Research Center da Universidade do Texas em Austin e à editora Random House por concederem as permissões necessárias. Eu me servi da ajuda e do conhecimento de vários estudiosos para anotar "Ossos de eco". Infelizmente, não consigo dar o crédito devido e específico a todos os acadêmicos com quem possa ter dívidas por essas informações, pois isso deixaria esse texto imenso, mas desejo deixar minha dívida registrada aqui. Minha maior dívida (não a primeira, e indubitavelmente não pela última vez) é para com John Pilling, que tratou desse conto por mais anos do que eu e generosamente me deu seus conselhos, dicas e me forneceu material de pesquisa ao longo do caminho. Ele me ajudou a esclarecer vários pontos difíceis, e sua edição anotada do *Dream Notebook* de Beckett — a principal fonte do material encontrado em "Ossos de eco" — facilitou consideravelmente minha tarefa de anotador. Outras fontes foram sugeridas ou identificadas por Chris Ackerley, Aura Beckhöfer-Fialho, Tatyana Hramova, Dirk Van Hulle, Seán Kennedy, Marty Korwin-Pawlowski, o falecido Seán

Lawlor, Paola Nasti, Matthew Scott e David Tucker, e agradeço a todos eles por sua ajuda para desvendar vários enigmas do texto. Devo também um agradecimento a Jim Knowlson por sua amizade e seu apoio. Agradeço particularmente a Dirk Van Hulle, John Pilling e David Tucker por seus comentários preciosos depois de lerem partes do manuscrito. É desnecessário dizer que quaisquer omissões e erros que permaneçam são de minha responsabilidade, e, dada a natureza de "Ossos de eco", tenho certeza de que não serão poucos. Também quero expressar minha gratidão a Aura por seu apoio ininterrupto e a Tikka pelas bem-vindas distrações. Finalmente, gostaria de agradecer à preparadora de originais, Eleanor Rees, por sua leitura cuidadosa do manuscrito, e a Martha Sprackland, Paul Keegan e Matthew Hollis da Faber & Faber por seus excelentes conselhos e por guiarem pacientemente este livro até sua publicação.

Mark Nixon

INTRODUÇÃO

Mark Nixon

No dia 25 de setembro de 1933, a editora londrina Chatto & Windus aceitou para publicação a coleção de contos *More Pricks Than Kicks*. Escrevendo para Beckett, o editor Charles Prentice, da Chatto, perguntava se o autor não acrescentaria mais um conto, que iria "ajudar o livro" ao dar volume ao conteúdo. Beckett concordou, e começou a escrever o que ele chamava de um "conto recessional" intitulado "Ossos de eco", que deveria fechar o livro. Três dias depois de receber o conto, no entanto, Prentice, no dia 13 de novembro de 1933, recusou-o, argumentando que o conto era um "pesadelo" e "afetaria tremendamente as vendas". *More Pricks Than Kicks* foi publicado no dia 24 de maio de 1934 como Beckett tinha originalmente organizado o livro, com dez e não onze contos. Agora, mais de oitenta anos depois de ter sido escrito, o enigmático "Ossos de eco" faz sua primeira aparição pública.

O fracasso de "Ossos de eco" em ver a luz do dia em 1934 precisa ser considerado no contexto da desesperada luta de um jovem escritor para conseguir ser publicado no começo dos anos 1930. Em muitos sentidos a história de "Ossos de eco" começa com a primeira obra mais alentada de ficção que Beckett escreveu, o romance *Dream of Fair to Middling Women*, escrito entre maio de 1931 e julho de 1932. Encorajado pela publicação, pela Chatto, de seu livro sobre

Marcel Proust (*Proust*, 1931), Beckett ofereceu o romance aos editores. Ao receber o livro em 1932, contudo, Prentice educadamente o chamou de "uma coisa estranha", elogiou os trechos em que a prosa vinha "direto de Joyce", e aí nada surpreendentemente recusou a obra (5 de julho de 1932). Como Prentice contou ao escritor Richard Aldington, rejeitar o primeiro romance de Beckett foi "talvez um equívoco; mas teria sido uma coisa quase impossível de controlar; nós mesmos não entendíamos nem metade" (5 de setembro de 1932).

Durante os nove meses seguintes, o livro continuou a desorientar e afastar editores. Com cartas de recusa que se acumulavam à sua volta, e sem uma fonte de renda estável depois de pedir demissão do cargo de professor no Trinity College de Dublin, Beckett, em meados de 1933, deve ter percebido que *Dream* nunca seria publicado (ele só apareceu postumamente, em 1992), e assim dedicou sua atenção ao processo de reunir um conjunto de contos, alguns deles escritos já em 1931.

Com *Dream* sem editor, e sem um número suficiente de contos para formar uma coleção sólida que pudesse interessar a um editor (ou "convidar um editor a usá-la para limpar a bunda", nas suas palavras), Beckett começou a reciclar material do romance, recuperando as seções que podiam facilmente ser integradas ou adaptadas a uma forma literária mais breve. Assim, por exemplo, o conto "A Wet Night", como aparece em *More Pricks Than Kicks* sai *ipsis litteris* do romance *Dream of Fair to Middling Women*. Beckett também saqueou material do seu caderno para o *Dream*, notas de leitura coligidas para a escrita do romance. Essa abordagem pragmática também tinha, na cabeça do autor, precedentes intelectuais. Ele tinha defendido no seu ensaio sobre Proust "o mais necessário, saudável e monótono dos plágios — o plágio de si próprio" (1933).

Em setembro de 1933, Beckett tinha reunido dez contos que chegavam a cerca de sessenta mil palavras. Depois de seu fracasso em conseguir um editor para seus textos, ele não estava nada confiante de que essa reunião de contos fosse despertar atenção positiva, apesar de dizer ao seu amigo Thomas MacGreevy, em carta de 7 de setembro de 1933, referindo-se ao primeiro conto de *More Pricks Than Kicks*, que "se as pessoas conseguem ler Saki elas conseguem ler qualquer coisa, até "Dante and the Lobster"* (citado em Pilling, 1997, 99). Prentice deve ter concordado com essa avaliação. Em sua carta de aceitação datada de 25 de setembro de 1933, ele perguntava se Beckett podia providenciar um "título mais animado" para substituir *Draff* [resíduo úmido de cervejaria] (nome do último conto de *More Pricks Than Kicks*), acrescentando "E vivas também se você der um jeito de escrever aquele continho a mais", o que sugere que Beckett pode ter levantado a ideia de escrever um outro conto caso o editor sentisse que o livro estava um tanto curto. Agradecendo a Beckett pelo texto revisado, *More Pricks Than Kicks*, Prentice reiterava sua crença de que "outras dez mil palavras, ou até cinco mil, na verdade, iriam, tenho certeza, ajudar o livro" (29 de setembro de 1933). Beckett, por vários motivos, achou difícil atender ao pedido. Como ele disse a MacGreevy, parte do problema vinha do fato de ele ter matado o protagonista da coleção no penúltimo conto, "Yellow": "Eu tenho que fazer mais um conto para o *More Pricks*, Belacqua *redivivus*, e estou mais empacado que jumento" (9 de outubro de 1933; LSB *I* 167). O fato de que Belacqua teria que ser ressuscitado para o conto final foi reconhecido por Prentice: "Estou encantado com a ideia de que Belacqua Lázaro logo estará andando novamente" (4 de outubro de 1933). Em princípios de novembro, Beckett confessou a McGreevy que estava "espremendo os últimos ganidos possíveis para C. & W." mas estava "sofrendo demais" com aquilo (primeiro de novembro de 1933). E no entanto ele deve ter conseguido escrever o conto bem rápido depois disso, já que Prentice registra o recebimento do texto no dia 10 de novembro, enquanto também re-

* Primeiro conto de *More Pricks Than Kicks*. (N. E.)

gistrava sua surpresa diante de seu comprimento de 13.500 palavras ("que grandão!"). Mais importante, o conto como um todo deixou-o totalmente desorientado, e numa carta longa, redigida em tom de desculpas, mas com firmeza, Prentice informou a Beckett no dia 13 de novembro que "Ossos de eco" não podia ser publicado; a carta vale a citação integral.

> É um pesadelo. Terrível e simplesmente persuasivo demais. Me deu tremeliques. As mesmas horríveis e imediatas mudanças de foco e a mesma louca e insondável energia da população. Há pedaços com os quais eu não me conecto. Lamento muito me sentir assim. Talvez sejam só os detalhes, e eu posso ter uma intuição correta da impressão geral. Lamento, pois odeio ser burro, mas espero não ser totalmente insensível. "Ossos de eco" certamente me atingiu como um soco.
>
> Você se importa se nós o deixarmos fora do livro — isto é, publicarmos *More Pricks Than Kicks* na forma original em que você nos mandou? Embora fique meio curto, ainda poderemos pôr o preço de 7 xelins e 6 centavos. "Ossos de eco", tenho certeza, faria com que o livro perdesse muitos leitores. As pessoas vão ter arrepios e ficar desorientadas e confusas; e elas não vão morrer de vontade de analisar os arrepios. Tenho certeza de que "Ossos de eco" reduziria as vendas de maneira bastante considerável.
>
> Odeio ter de dizer isso, e ainda me decepcionar também, e espero que você me perdoe até onde for possível. Por favor, tente fazer concessões; o futuro do livro também afeta você.
>
> Isso é um desastre terrível — da minha parte, não da sua, Deus me livre! Mas eu preciso confessar. Uma falha, um ponto cego, chame do que quiser. No entanto o único pedido de misericórdia que eu posso fazer é dizer que o toque gelado daqueles dedos redivivos foi demais para mim. Estou sentado no chão, e há cinzas sobre minha cabeça.

A resposta de Beckett a essa carta impressionante parece ter sido temperada pela aquiescência, embora uma reação possivelmente mais honesta seja encontrada numa carta a MacGreevy escrita logo depois: "Eu não estou fazendo nada. O Charles ter *foutado à la porte* [expulsado] o meu 'Ossos de eco', o último conto, em que eu coloquei tudo que eu sabia e, melhor ainda, muito do que eu tinha consciência, causou-me profundo desânimo [...] Mas sem dúvida ele tinha razão. Eu digo isso a ele, portanto tudo isso é *entre nous*" (6 de dezembro de 1933; *LSB I* 171). De fato, o fracasso do conto levou Beckett a escrever um poema com o mesmo nome, e ele acabou usando o título de novo para o seu primeiro livro de poemas, *Echo's Bones and Other Precipitates* (1935). E, apesar de certamente ser difícil para ele pensar de qualquer outra maneira na época, escrever o conto não foi um esforço totalmente baldado, já que ele transferiu material de "Ossos de eco" para um final revisado de "Draff", e assim para o todo de *More Pricks Than Kicks*; Prentice (no dia 11 de dezembro de 1933) elogiava "o trecho novo no final", referindo-se a ele como "definitivamente melhor".

Numa primeira leitura de "Ossos de eco", não se pode evitar certa empatia com a decisão de Prentice de rejeitar o conto. Como um dos primeiros críticos, Rubin Rabinovitz, resumiu: "a ambientação é irreal, a trama é improvável, os personagens são bizarros" (1955). "Ossos de eco" é um conto difícil, por vezes obscuro, de tom e atmosfera irregulares e evasivo ao declarar seus temas. Ele está eriçado de tensões que surgem de sua natureza fragmentária, de seus incessantes empréstimos intertextuais, de como ele muda de estilos literários e é alusivo, de sua linguagem ousada, características que em nada ajudam o conto a fundir-se num todo uno, nem mesmo do tipo "involuntário" que caracterizava *Dream of Fair to Middling Women*. Mas se o conto é louco e indisciplinado, também o é de maneira brilhante, especialmente ao exibir e ao mesmo tempo conter a revelação de seus "mistérios esfarrapados" ("Draff", 174). Seu ludismo imaginativo mistura estilos e fontes, todos eles acenando para Joyce mas no fim estabelecendo algo muito mais distintamente beckettiano.

Beckett obviamente sofreu para escrever o conto. Sua correspondência com MacGreevy dá mostras do fato de que seu coração não estava realmente no livro como um todo ("Mas é tudo quebra-cabeça e eu não estou interessado") considerando *More Pricks Than Kicks* uma concessão ao mercado, e em termos de mérito literário uma obra inferior ao que ele tinha tentado fazer com o romance *Dream*. Mais ainda, as impressões de Beckett a respeito de sua atividade criativa devem ter sido complicadas pela morte do seu pai poucos meses antes (26 de junho de 1933), que pode ter contribuído para sua decisão de abandonar o tipo de escrita alusiva, fragmentária e no limite joyceana que podia até satisfazer seus próprios critérios artísticos mas não seria uma fonte de renda. Como resultado, a luta de Beckett para escrever o conto fica evidente em toda a superfície do texto. Os próprios personagens estão aparentemente tentando manter uma história andando enquanto ela tenta a cada momento sabotar essas tentativas. Mais de uma vez, por exemplo, o texto se obstrui, como quando Lord Gall "não conseguiu continuar com o que dizia".

Naturalmente, o maior desafio para Beckett ao escrever essa "labutaria", como o próprio conto se chama, era como garantir sua consistência com o livro como um todo. Ele deve ter decidido que era mais fácil fazer Belacqua ressurgir dos mortos e acrescentar um conto no fim do livro do que alterar a unidade, se é que ela existe, de *More Pricks Than Kicks* inserindo um conto em um outro ponto. Durante todo o volume, Belacqua transita por um mundo de amor e morte, e em "Ossos de eco" ele encara uma vida após a morte. Mesmo antes de seu precoce falecimento durante uma cirurgia no conto "Yellow", Belacqua foi descrito (em *Dream*) como "uma horrenda criatura-limite", um estado ontológico reforçado em "Ossos de eco" por sua posição na abertura, sentado numa cerca. Apesar de ser um fantasma, e não ter sombra, Belacqua é basicamente uma entidade corpórea, trazida de volta à vida para redimir-se de seu narcisismo, de seu solipsismo e de ser um "poltrão burguês indolente" nos contos anteriores, indolente como seu xará na *Divina comédia* de Dante.

O conto, autorreferencialmente, se autodenomina como um "tríptico", e é de fato uma peça em três movimentos, cujos painéis, no entanto, mal chegam a gerar um todo. A primeira parte conta a história da ressurreição de Belacqua e do seu encontro com a prostituta Senhorita Zaborovna Privet. A segunda trata do gigante Lorde Gall d'Artemísia, que não consegue gerar um filho e vai perder suas terras para o fértil Barão Extravas caso morra sem deixar testamento. Lorde Gall, assim, pede que Belacqua o ajude a tornar-se pai; Belacqua consente, e Lady Moll Gall de fato dá à luz uma criança — uma menina, já que se trata de uma história da carochinha. O conto então passa em seu trecho final abruptamente para a imagem de Belacqua sentado em sua própria lápide, assistindo enquanto o zelador Doyle rouba seu túmulo. Apesar de Doyle já ter aparecido como um personagem menor e sem nome em "Draff", os outros personagens principais são novos no livro. Mas, numa tentativa de estabelecer uma noção de continuidade entre "Ossos de eco" e os outros contos de *More Pricks*, Beckett reintroduz vários personagens mesmo tendo matado muitos deles (inclusive Belacqua) durante o livro, como consta do resumo na abertura de "Draff": "Aí logo depois disso eles de repente pareceram morrer, todos, Lucy, claro, há muito tempo, Rudy devidamente, Winnie por decência, Alba Perdue como consequência natural de ter sido vista em casa". Mesmo assim, em dois momentos de "Ossos de eco" um cortejo de personagens passa pelo fundo da cena. Por exemplo, os Parabimbi e Caleken Frica fazem uma aparição, assim como a (falecida) Alba, um dos interesses românticos de Belacqua, que emerge surrealmente num submarino que transporta as almas dos mortos. A reintrodução desses personagens, que nada acrescentam à trama, ou tramas, presumivelmente levou à referência de Prentice à "louca e insondável energia da população".

Quanto às "horríveis e imediatas mudanças de foco", praticamente não há sentença em "Ossos de eco" que não seja emprestada de uma ou outra fonte, dando força à declaração do próprio Beckett: "eu coloquei [no conto] tudo que eu sabia e melhor ainda muito do que eu tinha consciência". Essas referências vão do abstruso ao popular (Marlene Dietrich, canções francesas), e estão gravadas no texto tanto aberta quanto dissimuladamente. Em termos composicionais, "Ossos de eco" serve-se principalmente do mencionado caderno de *Dream*; essencialmente Beckett usou as citações do caderno que ele ainda não tinha usado no romance de mesmo nome ou em *More Pricks Than Kicks*. Ou Beckett estava catando o que estivesse à mão, em sua pressa de completar seu último conto para a Chatto & Windus, ou estava reencenando uma estratégia composicional que havia ficado marcada no jovem escritor graças ao exemplo de Joyce. "Ossos de eco" é, sem sombra de dúvida, mais densamente alusivo, mais joyceano, que qualquer dos escritos de juventude de Beckett; tanto num nível verbal quanto estrutural, ele reúne vastas fontes, da ciência e da filosofia à religião e à literatura. Como sugere seu título, trata-se de um conto feito de ecos, de alusões a múltiplos contextos culturais. No entanto, como John Pilling comentou, em alguns momentos há "tantos ecos que eles parecem se multiplicar até o infinito, e no entanto são pouco mais que o esqueleto do material, e estão desprovidos de algum objetivo maior a que pudessem dar vida" (Pilling 2011, 104). Os saltos entre as três partes do conto, do mesmo modo que as referências tanto eruditas como contemporâneas, parecem aleatórios, o que só se vê realçado pelas mudanças de registro. O estilo se serve de diversos períodos literários, e a linguagem oscila entre o ornamentado ("Arquipélagos de troncos podados, polvilhados de clareiras") e o urbano (gírias de Dublin).

O conto é um paralelo estrutural e conceitual do vislumbre que Dante tem da vida após a morte na *Divina Comédia*, e brinca com formas de redenção que correspondem às perversões reais do pecador. O tom purgatorial de todo o texto é ampliado por trechos tirados da Bíblia, da *Imitação de Cristo* de Tomás de Kempis e de *The Rule and Exercises of Holy Living and Holy Dying* (1650-51), este último um livro que Beckett estava lendo na época em que escrevia o conto. No entanto, e apesar das muitas citações das *Confissões* de Santo Agostinho, não se trata de uma história de castigos, conversão e salvação. A bem da verdade, qualquer possibilidade de salvação religiosa para Belacqua se vê minada pela enfiada de trocadilhos sexuais (eruditos ou infantis), piadas baixas e terminologia derivada da flagelação, infertilidade e homossexualismo, especialmente na segunda parte do conto. Os temas da impotência e da esterilidade são entretecidos no conto, cobertos de alusões literárias mas também sexuais. A ameaça do sexo reprodutivo, visível por toda a obra jovem de Beckett, aqui é comicamente desconsiderada, e a boca-suja generalizada deve muito ao Marquês de Sade, cujo *120 dias de Sodoma* Beckett viria ainda a considerar traduzir para o inglês.

A luta para definir o que está em jogo no conto é ainda mais árdua pelo emprego de recursos provindos de gêneros e narrativas fantásticos, não realistas. Uma dessas áreas é o mito; como o título já sugere, Beckett emprega a história de Narciso e Eco, das *Metamorfoses* de Ovídio, para emoldurar a jornada "pós-óbito" de Belacqua, de personagem vivo a eco vocal, até que apenas restem seus ossos no quadro que encerra o conto. Beckett também investe os fatos de uma atmosfera gótica, especialmente no trecho final que se passa num cemitério. Talvez mais surpreendente seja o uso do conto de fadas, uma forma que tem mais peso na obra jovem de Beckett do que normalmente se reconhece. Fundindo contos de fada, sonhos góticos e mitologia clássica, "Ossos de eco" é em parte um conto fantástico repleto de gigantes, casas na árvore, mandrágoras, avestruzes e cogumelos, servindo-se de uma tradição folclórica como a que foi popularizada por exemplo por W. B. Yeats e os Irmãos Grimm.

Os experimentos de Beckett com a forma do conto de fadas, e a hilaridade geral do toma lá dá cá entre Belacqua e o Lorde Gall, obscurecem mas não chegam a obliterar a sensação de dor e de ausência que domina o conto. De fato, como indicam suas palavras de abertura, "os mortos morrem mal", e Beckett pode muito bem ter pensado na morte de sua prima e amante, Peggy Sinclair (em maio de 1933, de tuberculose), e do seu pai (em junho de 1933) quando estava escrevendo o conto. De fato, os vários aglomerados de temas — ressurreição, cemitérios, questões legais de propriedade e sucessão, e o fato de que Lorde Gall não tem filho, exatamente como Beckett não tem pai — sugerem uma preocupação incômoda demais para ser declarada mais diretamente. Enquanto no mundo literário de *Dream of Fair to Middling Women* era "impressionante como tudo se pode acabar como um conto de fadas", no mundo real isso simplesmente não era possível. Dessa maneira as palavras finais de "Ossos de eco" (que ocorrem duas vezes no conto), tiradas dos Irmãos Grimm, fundem o elemento de conto de fadas com um tom de resignação e aceitação: "É assim neste mundo". Como "Ossos de eco" é um conto sobre pais e filhos ausentes, sobre a vida após a morte e sobre o estado deplorável do mundo, mal chega a ser uma surpresa que seu principal diálogo literário seja com o *Hamlet* de Shakespeare. Tanto no nível temático quanto no verbal, *Hamlet* literalmente assombra todo este "Ossos de eco".

É claro que será impossível determinar se os primeiros leitores teriam "estremecido" de desorientação, como Prentice previu, quando lessem "Ossos de eco" como parte de *More Pricks Than Kicks*. Ou, para dizer de outra maneira, se o conto realmente "cabe" naquele livro. Seria possível argumentar que Beckett, sabendo ter um contrato para aquele livro, voltou ao modo de escrita que preferia na época, o estilo exuberante conquanto enigmático de *Dream of Fair to Middling Women*. De qualquer maneira, ao mesmo tempo em que é interessante ler "Ossos de eco" como parte de um livro que ele deveria fechar, o conto é autossuficiente. E não precisamos vê-lo nem como um passo na direção do adeus de Beckett ao estilo acumulativo de escrita de Joyce, ao liquidar seu estoque de citações, nem como um texto emocionalmente carregado que — como se descreve o livro de Walter Draffin no conto "What a Misfortune" de *More Pricks* — era simplesmente "uma lixeira para tudo de que ele não conseguia se livrar de maneira normal". O mérito literário de "Ossos de eco" é evidente; mais ainda, trata-se de um documento vital que representa o elo perdido no desenvolvimento de Beckett durante os anos 1930, e sugestivamente antecipa os textos do pós-guerra, estabelecendo um impasse que será renunciado em *Esperando Godot* e outros textos: "Eles dão à luz escanchados sobre uma cova, a luz cintila um instante, depois é novamente noite". "Ossos de eco" nos permite testemunhar um escritor jovem em paz e ao mesmo tempo em conflito com os contextos culturais do seu tempo, tentando forjar um caminho literário.

NOTA AO TEXTO

O conto "Ossos de eco" de Samuel Beckett sobrevive em apenas um datiloscrito, guardado na Rauner Library do Dartmouth College, e numa cópia-carbono guardada na A. J. Leventhal Collection no Harry Ransom Center da Universidade do Texas em Austin. Os dois textos, assim, são idênticos, mas há diferenças nas correções manuscritas de Beckett. O datiloscrito de Dartmouth (dado por Beckett ao crítico Laurence Harvey em 1962) tem todas as correções feitas à cópia de Austin, mas tem também outras, e forma assim a base desta edição. As palavras sublinhadas foram mantidas.

Erros tipográficos que permanecem no datiloscrito de Beckett foram silenciosamente corrigidos, mas mudanças mais substanciais vêm listadas abaixo; as correções manuscritas de Beckett, quando for o caso, são discutidas nas anotações.

OSSOS DE ECO

Os mortos morrem mal, são invasores do além, têm de aceitar aquilo como está, os poços e bueiros que retornam à lama, até o momento em que o senhor de terras incorra via longa aquiescência num gesto de obrigatório cuidado a respeito deles. Então se veem livres entre os mortos o quanto podem, então encerram-se os problemas, seus problemas naturais. Mas a dívida da natureza, aquele escandaloso pós-óbito cobrado contra nossas próprias posses, pode ser eliminada pelo mero fato de esticar as canelas tanto quanto se pode realizar no mesmo rio uma descida duas vezes. Eis um ditado verdadeiro.

Pelo menos pode-se em verdade dizê-lo de Belacqua que ora se via alerta e ativo no pó do mundo, de volta a seus velhos joguinhos no ponto negro, em tantas ocasiões diferentes que ele às vezes pensava se acaso sua condição desprovida de vida não era toda um sonho e se de todo não estaria ele um bom tanto mais morto antes que depois de sua partida formal, digamos assim, de entre os vivos. Ninguém estava mais disposto que ele a admitir que essa existência individual definida tinha sido uma injustiça de certa forma curiosa e que esse tedioso processo de extinção, suas prolongadas falhas de antigos erros, era a redenção imposta a cada arrivista no mundo do espírito animal, tudo a seu tempo. Mas isso não deixava as coisas mais agradáveis ou mais fáceis de aguentar. Ocorreu a ele um dia ali sentado dobrado ao meio numa cerca tal qual um casse-poitrine em deliciosos devaneios e tragando lá seu Romeu e Julieta que talvez se tivesse sido cremado em vez de enterrado diretamente teria menos probabilidade de revisitar o vômito. Mas para a felicidade geral de todos nós essa ideia era egrégia demais para detê-lo por muito tempo. Tentou tudo que sabia, sem trocar de posição no entanto, para conceber suas exúvias preservadas numa urna ou em outro receptáculo no sanctum de algum homem bom ou errando ao vento qual nuvem de lúbrico pólen, mas de alguma maneira não conseguia realizar direito esse simples voo insignificante. Seria possível que sua imaginação tivesse perecido na câmara de tortura, aquele compartimento onde era proibido fumar? Isso haveria de fato de ser algo a se levar em conta, seria o que um premiado Madden, com olhos antenados como os de um caranguejo-sentinela de tanto zelo e tanta empolgação, chamaria de um passo na direção correta.

Por declarar então às claras logo tudo de uma vez, Belacqua é um humano, defunto e sepultado, restaurado à selva, sim de fato restaurado à selva, completamente exausto, consciente de seus defeitos, sentado em sua cerca, dia após dia, tendo lá sua palpitação, cutucando o nariz entre os charutos, sofrendo muito exposto aos elementos. Ei-lo então e a posição de onde se lança, à qual corre até o risco de retorno depois do fiasco, em que se instala para cada dose de expiação de grande vigor, de onde é catado a cada vez um nonada melhor, mais seco, menos esnobe nato. Tais predicados não o cobrem, quantidade alguma poderia. Se como denso tecido de corpóreos herdanços — rá! — era despredicado, quem dirá quanto mais assim fantasmo? Mas cobrir elas cobrem o menor, o menos apresentável dos aspectos dessa cruel reversão, da qual ousamos apresentar três cenas, a primeira, a central e a final, como material provável desta labutaria, deste mínimo tríptico.

Por começar então pelo começo, ele se sentiu entorpecer entre os grises cardumes de anjos, seus cofalecidos, que lotavam o sepultútero, distintamente se sentiu escorregar de uma beata lassidão que era infinitamente mais lisa que o óleo e mais mole que abóboras, viu-se lutando em vão contra o hediondo torpor e a areia e o clarão das pálpebras sobre os globos de há tanto envoltos em melancolia, e quando se deu conta era arrastado por assim dizer por ser disciplinado com vontade sobre a cerca conforme supra, dobrando os sinos nos campanários todos, com bolsos plenos de charutos. Tirou a fita de um só deles, acendeu, olhou no fundo do coração e exclamou:

"Minh'alma começa a ser indolentemente aguilhoada e atormentada, retornam todas as dores e mágoas das tralhas da alma!"

Mal havia tal ideia irrompido de seu cérebro como um fosfato renal quando uma mulher saltou da moita e se pôs a sua frente, serena mas não relaxadamente alegre. E ali ficou, abertamente provocando que viesse e sem dúvida, estendendo num abraço suas sacras mãos pululáveis de milhões de bons exemplos. Nada mesmo havia nela de viúva séria ou virgem anil, nada nem remotamente estéril em sua aparência. Ela seria, se já não fosse, frutífera mãe de filhos de prazeres.

"Me chamam Zaborovna", afetou.

"Eu não estou te ouvindo", disse Belacqua. "Fale mais alto, por favor."

Ora se deve deixar bem entendido que não havia porneias lá de onde vinha Belacqua, nem porneias nem necessidade de porneias. Mas aqui no pó com a noite se preparando para cair a coisa era bem diferente. Belacqua sentia que estava morto havia muito tempo, quarenta dias pelo menos.

"Você é Belacqua", ela disse, "que nós demos por morto, ou sou eu um holandês."

"Sou", disse Belacqua, "devolvido temporariamente por obra de miseráveis fados às porcas e barafundas e pardais fusos da baixa estatura da animação. Mas quem sou nós e quem são tu?"

"Eu te disse", ela falou, "Zaborovna, à sua disposição; e nós, ora nosinho é só um uso impessoal, o reflexivo toscano assim sem mais."

"O modo", disse Belacqua, "com o perdão da má palavra, de autoabuso, como a passiva inglesa do masoquismo."

"Quanto tempo você acha que fica conosco?", disse Zaborovna.

"Tanto quanto eu vivi", disse Belacqua, "entre idas e vindas, me parece."

"Você quer dizer com intervalos?", ela disse.

"Quer saber?", disse Belacqua. "Eu gosto do teu jeito de falar, muito."

"O meu jeito de falar", ela disse.

"Eu acho a tua voz", ele disse, "algo mais que mero obus antimelancolia, acho que ela é carroça toldada para mim que estou cansado em meu caminho, acho mesmo."

"Tão musical", ela disse, "eu nunca teria pensado uma coisa dessas."

Estava mais do que na hora de sobrevir uma pausa e uma longa sobreveio. A dama adiantou-se de um passo rumo à cerca, nitidamente esgrimindo por achar uma brecha, Belacqua chupava furiosamente o imenso charuto, uma ave, de bico posto aos céus, passou volante.

"Tarde demais!", ele exclamou finalmente em tons cortantes. "Tarde demais!"

"Tarde demais o quê?", disse Zaborovna.

"Este encontro", disse Belacqua. "Você não vê que a minha vida acabou?"

"Ah", ela disse, numa voz algo entre carícia e cotovelo nas costelas, "eu não diria tanto assim."

No eco da pausa acima ela aproveitou a oportunidade, transferiu seu porte maliciosamente tumular para o colo e as coxas do avantesma, partes ditas dele que tremiam no frígido da hora. Uma colônia de corvos fez seu voo vespertino e escureceu o firmamento, sim chegou de fato a escurecer o firmamento. Belacqua matou seu charuto, que apertou enfurecidamente contra o anteparo, elevou a mente a Deus, persignou-se mil vezes.

"Perdão", ele disse. "Eu sou pior que o Dr. Keate de Eton, posso ver distintamente as sobrancelhas descabeladas e ruivas dele, não lembro bem o teu nome no momento."

"Zaborovna", ela disse, "sua criada, Senhorita Zaborovna Privet, passe o braço na cintura dela por favor."

Belacqua, que por nada aprendia a não escarrar e catar ranho seco em presença de damas, alisou agora uma catota no pulso da camisa e levou os olhos que estavam tão doloridos por uma coisa e outra, choramingos e a luz, aquela artista das trocas de figurino, bem próximos daqueles, borrifadores da primeira água e em que ele parecia discernir diversos bebês, da Privet, que depois de breve e galante luta viu-se constrangida a desviá-los, tão crestantes, tão férvidos e paralelos eram os forcados de seu mirar. Ela fixou além o fresco, para não dizer amargo, leste e observou sua sombra, como o desejo de um velho, em monstruoso decúbito na grama, mas nem sinal da de seu conquistador, de cujo colo saltou de pronto para se pôr no chão bem para lá, pensando que talvez tivesse visto simples, e olhou de novo. Mas sua primeira impressão foi confirmada pela ausência de qualquer sombra que não as dela e da cerca, projetadas em andrajoso fusco longe sobre a terra desolada. O sol estava lá sim, mandando brasa atrás, no leste, ignorando-o de todo. Esse corpo que não interceptava a luz, esse invólucro de entranhas que tinha rompido as cinéreas peias, ela olhou de cima abaixo. Ele extricara uma navalha de algum bolso abissal e estava amoroso esculpindo um fósforo aceso. Este quando apontado segundo a vontade de seu Deus ele usou para perfurar profundo meato num charuto fresco, visitar seus dentes por tudo, em cima e embaixo, acender o charuto. Então fez que ia se livrar dele mas se recuperou a tempo e o meteu como um tee de golfe no tecido do pulôver.

Lágrimas correram pelo rosto de Zaborovna enquanto ela se arremessava nos braços da presa, coisa nada fácil.

"Enxugue", disse Belacqua.

Subitamente ele ficou ardentíssimo e entristecido, com um brilho à la Gilles de Rais nos olhos. Quanto então iria tal, tal — rá! — estrangúria de decência se longamente prolongar, se longa prolongar? Presente estava a Privet, soluçando aparentemente em vão, consumpção voluntária, como as beatíficas tetas de uma freira de Minsk; enquanto por si próprio, frio qual janeiro nos melhores dos tempos, ele não se via agora mais capaz, quando qualquer momento poderia ser o último de seu fado atual, convocá-lo de volta às trevas onde porneias e portanto Privets não faziam sentido, de aproveitar tal rechonchuda ocasião que Alfieri ou Jean Jacques seriam de dançar um minueto. E no entanto estava dolorosamente tentado a tentar, isso que era duro.

"Seca esses belos olhos", ele disse com a clareza que lhe permitiria o charuto. "Não afogues os bebês que lá vejo por um cadáver atormentado."

Ele recolheu o charuto, pôs seus traços em súbito giro de angústia, consertou-os com não menos subitaneidade, repôs o charuto. Era a esse tipo de coisa que se referia, era o tormento vindo à superfície respirar. Agora ela sabia.

Tranquilizada por tal bondoso clônus ela disse:

"É mais a sua sombra que você. O que se deu com ela?"

Agora o problema em questão é que uma sombra pessoal é como a felicidade, a possessão de ser bem iludido, hipnose,* perceptível apenas como falta. A sombra de um estranho, as sombras das coisas naturais, das árvores, asas, nuvens oceânicas e todo o resto, vamos direto atrás delas e na verdade é difícil imaginar como poderíamos passar um dia sem elas. Mas a nossa própria, a não ser no caso de um sujeito muito nervoso,** é coisa tão despercebida quanto o movimento da terra, para adotar o sistema de Galileu, que o mede.

* Cf. Titânia e o jumento.

** Cf. Ricardo III.

Belacqua olhava louco em torno.

"Meu Deus, eu não tenho ideia", ele exclamou. "Eu achei que estava comigo."

Zaborovna livrou seu peito agora e já estava mais do que na hora da doutrina da borboleta mencionada acima. Era verdade, ela disse, quanto a mais que amor-perfeito (termo feminil) e sombras. Foi só por acaso, ela disse, que ela viu a sua própria, inclusive. Não lhe prestaria mais atenção no futuro. Olhou para garantir que ainda estava ali.

"Você pode ter razão", disse Belacqua. "Não digo que não. Eu sou um homem marcado de qualquer ponto de vista."

Não é tão simples assim, pensou Zaborovna, mas pssst!

"Toda noite durante a temporada", ela disse. "Fora os sábados, eu me entrego a sublimes delinquências na velha cidade em que me hospedo, e me hospedo com considerável esplendor, acredite. Felizmente hoje à noite estou livre."

Posto o sol os corvos voaram para casa. Por que Belacqua sempre parecia estar no exterior nessa hora de certamente mínima vitalidade? Trechos de um poema de Uhland lhe vieram à cabeça. Foram bem mal recebidos.

"Não há corvos lá de onde eu venho", ele disse. "Deus seja louvado."

"Ah", disse Zaborovna. "Então afinal existe Deus?"

"Supostamente", disse Belacqua. "Eu não sei mais do que sabia."

Ele parecia ter-se recuperado de sua sensação de perda. Contudo ela estava certa, não era tão simples assim, como a sequência bem pode demonstrar, como ele pensava.

"Seria um prazer te receber", disse Zaborovna.

Uma longa vaca cilíndrica e negra de Galloway, no seu apogeu uma pastadora rápida e boa, ora óbvia e seriamente mal das pernas com a peste bovina, babésia e aborto contagioso, saiu cambaleante da névoa-chã ao chão, tombou e perdeu vitelo. Acabou tudo num átimo.

"Um prazer te receber", disse Zaborovna.

"Quando você diz "me receber", disse Belacqua, "o que exatamente você quer dizer?"

Sem ter avaliado adequadamente seu homem ela resguardava as coisas erradas.

"Você é hospitaleira demais", disse Belacqua, "nem sonhando."

A vaca, muito aliviada, de costas, quatro patas indigitando o firmamento, estava no artigo da morte. Belacqua sabia o que era aquilo.

"E você não está dizendo tudo o que vai na tua cabeça", disse Belacqua, "ou muitíssimo me engano."

"Mas então", ela disse, "alho frito e rum cubano, o que acha dessa?"

"Rum humano!", exclamou Belacqua.

"Cubano", ela disse, "um guinéu por garrafa."

Algo simplesmente tinha que acontecer, a névoa-chã se ergueu, o céu se encirrava e lançava lívida luz, horrenda nas poças que espaçavam o terreno, mas linda também, como a compleição da doença de Addison. Uma criança, radiante com fralda escarlate e cueiro azul, saltou da estrada e começou a navegar num bote a vela.

"Por mais que você se amoite", disse Belacqua, "senhorita Privet, a vitória é sua, e que minha vergonha seja minha glória."

"Isso que é um cadáver ajuizado", disse Zaborovna. Ela começou a se afastar com grande graciosidade.

"Os moscas-mortas que se acertem", disse Belacqua. "Eu não suporto multidão."

Os fiéis, com demônios misturados, uma turba negra, voltando acovardados para casa depois das Vésperas, lamentavelmente não sicilianas. Na vanguarda um Editor, de um periódico mensal disfarçado de trimestral, com seu chapô cocardado em proa e popa de uma folha de rosto e um poema de prazeres, um alfaiate da John Jameson o'Lantern dançando diante dele; em seguida, a esposa de um amigo, esplêndido espécime de bócio exoftálmico, escandalosa, mamilos enfiados no nariz; em seguida, um Rondó Cigano, glabro porém fecundo, ilídimo filho de longa linhagem de las aguas e iluminaciones; em seguida, Hairy, recostado, seguindo mui rijo e aberto; sem seguida, num Baby Austen coberto, o conde de Parabimbi e sua senhora; em seguida, domesticados até o último fio, uma ninhada de totais marginais, corrigindo em harmoniosa amizade um ponto obscuro de Eliot, relaxando de quando em quando para coralizar seu manifesto: "Boicotem os Pés Quebrados!": depois, como sempre no meio da baderna, um caput de ex-eunucos educados de maneira tremendamente liberal, rotacionando lentos no que cambealeavam adiante, bundas gastas reluzindo pelas fendas das batinas; depois, Caleken Frica, nuinha em pelo em pé, tomando notas para diálogos de época com um cautério embebido em chocolate à roda do enigma de seu umbigo minnehaha minnehaha; depois, um unicórnio de lua de mel, amedrontando seu semicaçador; depois, um leiteiro iogue, chamuscando a barba com uma vela padrão, com um leprechaun contorcionista cavalgando-lhe o cérebro (abdominal); depois, as irmãs, Orgia e Óbito, tapando o nariz. Assim passaram e se foram ao passado, os mencionados e mais outro ou dois, o segundo depois do primeiro, terceiro depois do segundo, e assim por diante em ordem, até o último — um andrógino plenamente adulto de tempestuosa lindeza — depois o resto, e depois do último um amplo nada.

"Ruins um a um", disse Belacqua, "péssimos juntos."

Um som medonho como de seda rasgada pôs seu coração de atravessado.

"Nunca houve tempo igual para mandrágoras", disse Zaborovna.

"Infelizmente", disse Belacqua, "Gnaeni, a pelota prânica, está longe de ser mandrágora. O leprechaun deixa ele sair mais ou menos nessa hora todo domingo. Eles não têm condução."

A vaca morta seria logo motivo de incômodo.

"Você recorda os lindos versos", disse Belacqua:

Cão, papagaio, ou macaco...
Ocupam o cismar dos belos.

Zaborovna soltou estrepitosa gargalhada ressonante.

"Você viu a Parabimbi?", ela disse. "Onde foi que ela arranjou aquele sorriso crucificado, a imaculada Conceiçãozinha?"

Belacqua desceu resoluto da cerca, apertou um furo no cinto, meteu a mão no bolso e sacou-lhe um Partagas, o mais doce incidente sem nem comparação a lhe cair pela frente tinha já tempo, acendeu, pensou, Agora se calhasse de haver um Voltigeur nessa seleção...!, e disse:

"Quando a senhorita desejar."

Ela lançou para trás as sibilantes serpes do cabelo, o corpo inteiro coqueteado e contorçado qual corda, espumou-se em lúbricas mãos aquadriladas que fizeram seu interlocutor, com charuto e tudo, sair correndo. Coitadinho, lá ficou, petrificado, de volta sobre a cerca. E Zaborovna, num minuto a imagem da exuberante continência, no segundo esta Górgona! Tem gente que não tem como explicar mesmo. As mulheres especialmente parecem mutabílimas, casas de infames possibilidades. Pelo menos era o que parecia a Belacqua, não pela primeira vez, agora aturdido e acercado. Ele próprio também variava, claro, mas como algo, certo princípio rítmico cuja sede ele meio que cria ser-lhe o fundo do estômago. Um almanaque de suas inconstâncias não era inconcebível. Mas essas mulheres, positivamente mal seria um exagero dizer que as vinte e quatro letras não formavam maior e mais caprichosa variedade de palavras em tal número de línguas do que elas, suas almas quebra-cabeças, metiam-se em si porque se perdessem, diversidades de humores. Exagero ou não, foi assim que pareceu a Belacqua, mais necessariamente agora, enquanto se grudava firme à cerca e ouvia com grande gratidão as lascas de gelo estalarem-lhe o cavo do peito, do que talvez em qualquer momento.

Uma imensidade de expressões se ofereceu a Zaborovna, que assim para seu transtorno se viu diante da alternativa de dizer nada ou preferir uma delas.

"O alho não vai valer o garfo", ela disse e de pronto se arrependeu da escolha, como se nela tivera mínima participação, coisinha linda. Tão astuta em certos assuntos, tão rasa em outros, tão rasastuta em tantos outros, introduzindo como pulga suas frouxas familiaridades nos lugares mais recônditos, como é que esperaria, como espera, distinguir-se?

Mas ora vamos e, como cordeiro, ele seguiu-lhe os passos, sobe morro e desce vale, até sua hospedagem, onde tendo chegado no cerne das mais negras horas ele de imediato devorou o alho, entornou o branco rum, arremessou os dois assim imiscuídos, à maneira de Nino o assírio, mixordizados sobre as pedras, mencionou ser maculado por pecados, nu de feitos bons e pasto de vermes, e depois para seu espanto foi possuído, mas possuído passando a ser posse de horrenda bocarra escâncara para o banquete amoroso, gengivas enrugadas e presas de Hutchinson, que morderam nada mais frutado do que o que mais tarde ela descreve a uma amigona do peito como o sonho da sombra do fumo de um podre charuto,* bem quando o primeiro sol abriu um olhinho no céu da trista segunda e deu à luz um pinto, possuído no sentido de recolhido, tendo tido seu efeito a primeira dose de ressurgência, no volume aveludado do sepultútero.

Outrossim, depois do que a Belacqua pareceram inúmeras como que eructações na Baía do Elísio, entulho e mais entulho de expiação pela úmida impudência de um estado terrenal — sendo a ideia claro que seu coração, não a alma mas o coração, sugado e secado em tal tormento guttatim, pudesse contar como plenum de fogo para o êxtase inamovível — ele nos surge uma vez mais e mais ou menos na atitude familiar prontinho para seu extraordinário affair

* O Voltigeur!

com o spado fideicomisso, se é que se pode dizer que exista animal tão curioso. Empoleirado então nos altivos lindes de uma propriedade simplesmente enorme, tragando um charutão, o ar cheio dos camembérticos odores de bode, corcéis urlando que se estourem, lágrimas para a alma (equívoco seu vocabular) maltratada correndo livres o que tudo muito bem, ele recebeu uma estalada tão pancada em seu eminente cóccix, aquele incógnito esqueleto da amatividade, que quase evanesceu de prazer. Nunca houvera experimentado sensação tão comichante, era como ter o traseiro empatinado com socos-ingleses.

"Seja você quem for", ele gritou, "Jetzer ou Junípero —"

Sem resposta.

"Forca-se", ele gritou, "forca-se, é melhor que amor secreto."

"Amor", disse exáustica voz atrás dele, "vire-se meu jovem amigo, olhe pra cá por favor, e me diga o que você sabe dessa desordem."

Belacqua fez o que lhe pediam, porque um passarinho lhe disse, sabe como, que sua hora era chegada e que seria bem mais digno, para não dizer mais sensato, pegá-la pelos cachos, e olhou de sua altura para um calvo colosso, o crânio de São Paulo franzido em córdeas suíças bastas e variegada echarpe belcheriana inconsútil, baloiçando para frente e para trás aquele auxílio a uma vida pia que é um putter de Schenectady, trajando cautchu amaranto cap-a-pie, uma capa de guta-percha que lhe corria do barril do busto, tendo na mão um tarbuche de látex.

"Receio ter acertado você", disse essa estranha figura, "com meu último putt longo. Eu peguei a safada bem por baixo."

"Então o senhor perdeu a bola", disse Belacqua. "Que vergonha!"

"Eu mesmo que faço", disse o gigante, "eu tenho umas cem mil num saco lá em casa."

"Onde é que o senhor acha", disse Belacqua, "que isso tudo vai dar?"

"Eu sou Lorde Gall", disse o colosso, "se isso quer dizer alguma coisa para você. Lorde Gall d'Artemísia. Estamos em Artemísia. Possibilidade de rebento extinta."

"Putz", disse Belacqua, "nunca diga nunca, a lei não deixa."

"A lei é um geneta", disse Lorde Gall. "Eu já te contei essa?"

"Pode ser que eu conheça", disse Belacqua, "não são muitas as que eu já não esqueci em algum momento. Mas manda ver."

"É uma bela história", disse Lorde Gall, "que me contaram num sonho, ou mais numa visão. Eu vou comunicá-la enquanto andamos."

"Perdão", disse Belacqua, "mas andamos para onde?"

"Santo Deus", exclamou Lorde Gall, "eu já mapeei tudinho, acredite em mim ou não acredite em mim. Eu não sei quem você é, mas que você vai me fazer um bem dos diabos eu nem duvido. A bem da verdade eu estava pensando —"

Lorde Gall corou e não conseguia prosseguir. Ele atormentava a borla do tarbuche. Belacqua insistia que nada ocultasse.

"Nós estamos mesmo sozinhos", ele disse, "fora um bode por aí."

"Bom", disse Lorde Gall, "eu estava pensando, se você não se incomoda, em me referir a você no futuro como Adeodato."

Ele deixou cair o putter, ajeitou firme o tarbuche na cabeça, ergueu os braços e colocou Belacqua delicadamente no chão a seu lado.

"Pegue a minha mão", ele disse.

Tímido Belacqua fechou um minipunho, que colocou no monstruoso broto, cintilante de anéis, de seu patrono, que aceitou que ele ali se aninhasse e até lhe concedeu um longo longo aperto fungoide que sem sombra de dúvida foi um grande prazer. Lorde Gall ficou ali, vibrando da cabeça aos pés, capa estralejante como flâmula, suor destilando-se através da borracha em súbitas máculas, pegando pressão, na verdade. Então abrupto ele seguiu adiante com uma espécie de empolgação religiosa que arrancou Belacqua do chão com um tranco.

"Firme aí", disse Lorde Gall.

Belacqua fez um pouso perfeito e seguiu aos trambolhões com galhardia, um pônei bem disposto.

"Pois então", disse Lorde Gall. "Quando nosso Senhor —"

"O seu putter, senhor", gritou Belacqua, "o senhor esqueceu."

"Que se exploda o meu putter", urrou Lorde Gall, contrariado em seu imo, "encho deles a minha aljava em casa."

Cada vez mais velozes eles lestos percorriam a pastagem, pavimentada de cogumelos comestíveis que Lorde Gall chutava e recalcava como grandioso elefante e cheia, Belacqua teria apostado sua reputação, de trufas. E contudo não ousou sugerir que parassem e enchessem-se os lenços.

"Quando o nosso Senhor", disse Lorde Gall, "você está prestando atenção?"

Belacqua sentiu que era só retórica. Tinha razão.

"Quando o nosso Senhor", disse Lorde Gall pela terceira vez, "estava necessitado de montaria e antes que o jumento, para crédito seu imortal, concordasse incondicionalmente em carregá-lo, ele abriu tratativas com o cavalo, que demandou detalhes da solicitação, e com a mula e a geneta, que ríspidas recusaram."

"Porcães!", gritou Belacqua.

"Consoantemente", prosseguiu Lorde Gall, "o Senhor rogou uma praga contra a mula e a geneta, que no geral dizia que eles não iriam para a frente. Com o resultado bipartite de que —"

"Primo", contribuiu Belacqua.

"Primo: elas se divertem gloriosamente. Secun—"

"Em que sentido", disse Belacqua, "elas se divertem gloriosamente?"

Como um trem de um túnel ou uma dama de um tanque de água cálida ora um uivo, misto de impaciência e de rósea pudicícia, irrompeu da gorja de lábios cor-de-rim do narrador.

"Seu porcamontes", ele gritou, "mas na medida em que elas não são herdeiras fideicomissas, o que mais?"

Os xingos e grunhos do infeliz foram felizmente em certa medida afogados por um ciclone de ira e desdém, algo entre o crocitar de um grasno e um enrubescetório fazendo o que pode, o que a essa altura saltou às luzes dele, rompeu-lhe os brônquios todos, rasgou-lhe a pleura, subiu debatendo-se e urrando pela traqueia como um espírito impuro e o deixou bem sem fôlego. Mas em seus cento e sessenta quilos de banha, sanha, manha e artimanha havia ainda muitas moções porque se mantivesse de pé caso sua fornalha de novo entrasse em ordem, o que ela logo fez, ele grato dizia e disse mesmo.

"Secundo", disse Mazeppa.

"Secundo", disse Lorde Gall, "elas de maneira alguma podem ser traduzidas para o gaélico."

Belacqua aplaudiu.

"Muito bom", ele disse, "esperto mas não vulgar, pura diversão, coisa rara nesses tempos. Numa visão, o senhor disse?"

Lorde Gall, acostumado a ponto de ser inalterável por lisonjas, diminuiu o passo e deteve-se delicadamente ao pé de um gigante da floresta.

"Meu pé de algumin", ele disse. "Altidão — desconhecida; valor — inatingível; calibre — uma meia corrente."

"Por baixo da casca?", disse Belacqua.

"Claro que por baixo da merda da casca", disse Lorde Gall. "Onde é que você achava que era?"

Lorde Gall, algo inflamado, sendo o rub- mais que o sud-orem seu ad quem, pela iteração de uma fatuidade "mas por favor, cavalheiro!", deu-lhe um peteleco por se livrar da fiel mão de seu acólito como poderia ter dado num mosquito ou na cinza de um cigarro, afundou sua própria assim libertada num de muitos nós que adornavam ou arruinavam o tronco, um daqueles vulvados nós que Ruskin achava mais comoventes que até os mais nobres cisalpinos medalhões, apertou um botão putativamente de uma funda caixa de tampa deslizante, contendo entre um arsenal de estranhos objetos que Belacqua não conseguia no momento identificar um tonel de cerveja de heléboro, um contrabaixo, uma muda completa de roupa seca e um pacote cheio de fotografias de Fräulein Dietrich, que se abriu em penetrante vagido.

"Meu tesouro", disse lorde Gall com simplicidade, "todo meu, minhas queridas entranhas."

Com amor selecionou e segurou um par de brônzeos cravos de alpinismo, bateu a tampa da caixa através do superlativo método de recuar enfurecidamente contra ela com as rotundas corcundas da cinta da bunda, comentando enquanto o fazia e sem o menor traço de afetação:

"Isso há de bastar no momento bem me parece."

"Certamente", disse Belacqua. "Uma coisa de cada vez."

Mas como ele tremia ao pensar qual poderia ser essa uma coisa!

"Você fala como um doido", disse Lorde Gall. "Sobe no meu pescoço."

Antes de Belacqua ter sacado direito essa palavra de ordem e consequentemente bem antes de os membros de seu corpo poderem começar a ceder a ela ou o contrário, Lorde Gall tinha arrancado seutarbuche (projetado de maneira a poder ser telescopado qual chapéu portátil e carregado no peito), prostrado-se à la camelo amouco, dado louca ré rumo à cerrada, nada!, fechada virilha de Adeodato, travado-lhe os tornozelos, arrancado-o da face da terra num pesadelo de montaria e zarpado tronco acima.

Pobre Belacqua, nunca ansiou sua mãe tanto por vê-lo a vez primeira quanto agora ele, explodindo de apreensão, pela terra firma, alguma cerca aprazível, a rhínica meditação, privada palpitação, noção de pecado e de sólido desconforto. Sedendo et quiescendo, sim, quem foi que disse isso? Vim, sentei, me fui, foi esse o fim final de toda a terrena sagacidade, o creme, a quintessência e o fruto, ou não foi? Pouco ouro, só osso e couro e uma vida de desdouro. Mas isso, essa possessão, esse desprezo de sua pessoa, essa violação de sua posliminaridade, realmente não era de se suportar. Num incontível ataque de raiva ele me puxa da navalha e decide escalpelar Lorde Gall, execrando-o nos termos mais duros enquanto isso.

"Larga esse negócio", disse Lorde Gall cortantemente, "larga já."

Belacqua conteve a mão.

"Ou te largo eu", disse Lorde Gall, "é, como uma ostra no Ésquilo d'Artemísia, com o perdão da referência."

O mastaréu do joanete estava luxuosamente coberto. Lorde Gall descarregou Belacqua num caldeirão de almofadas, abriu uma garrafa de Mumm, sim de fato abriu uma garrafa de Mumm...

"Aos teus pelos do peito", ele disse, "perdoe a minha rispidez, o meu primeiro nome é Hemo sabe?, Hemo, tão horrendamente pletórico, essa carne toda sabe como, esses bifes e postas que você deve ter percebido, o meu maldito sangue ferve e tudo explode, eu te dou a minha palavra enquanto como aparentemente o último da linha eu me humilho diante de você, acredite ou não em mim às vezes eu me vejo como alguém completamente odioso, impreco contra a hora em que fui tido, e com essa rajada eu te deixo pensando em como seria, eu —"

Não há dúvida de que lorde Gall teria continuado com muito prazer a patinhar para lá e para cá por essa louca bitola de conversa fiada rumo à noite não fosse ter surgido um vento que sacudiu a árvore e balançou o cesto de gávea onde estavam e o fez assim se afogar em presta esquinência de susto, para grande alívio de Belacqua que começava a se sentir de espírito mais lanhado que Richilda, do falecido Alberto, Duque de Ebersberg, em seu corpinho feliz, o que vale dizer fatalmente. Lorde Gall se agarrou ao mastro, Belacqua era jogado como uma rolha sobre as almofadas, a mobília batia os pés, um Ucello legítimo voou pela janela. O vento parou, o quarto tremeu e estacou e Belacqua, encorajado pelo espetáculo que era ver seu opressor estatelado como um malfeitor de uma nau de sua majestade sujeito a tórturos tormentos, disse:

"Diga o que você quer."

Lorde Gall se avergonhadamente desgrudou, esgueirou-se até uma gaveta obviamente secreta, preparou um black velvet bem forte, virou, fez mais outro, secou, ganhou certa pose, citou:

O cisne contra a morte tem seu canto,
E assim o mocho dela augura o pranto...

preparou um terceiro, entornou, deitou de costas no chão, ergueu os joelhos e deixou que pendessem separados em supremo abandono, entrelaçou os dedos por trás da cabeça, tossiu, cuspiu, errou, xingou, lastimou, arrotou, lastimou, rosnou e expôs seu dilema nos seguintes vigorosos termos:

"Você sabe quem eu sou. Eu tenho e detenho em fideicomissão de varão, sim, fideicomissão de varão, este Éden de Artemísia, um dos poucos Paraísos terrestres que restaram nessa região. Por mais que meus conselheiros médicos me garantam que me falta o poder procriativo, meus capelães têm a bondade de relevar essa incapacidade como algo de natural, absoluto, perpétuo e antecedente. Minha esposa é terra fértil, não duvido, conquanto abrigue, contraída na alcova do priapesco Barão Extravas, regente legal, herdeiro de Artemísia por reversão e demônio feito gente, a spirochaeta pallida."

Lorde Gall se interrompeu, sentou mais reto, fuçou seu grande bolso de aplique, sacou um envelope de luto que continha cinzas e polvilhou generosa aspersão das mesmas sobre o crânio. Belacqua, endoidecido de compaixão, rolando em estrondosa dor lá no caldeirão ou cesto seu, sentiu que lhe cabia arriscar uma palavra de ternura:

"Desfideicomissione", ele gritou, "leve aos tribunais e que se danem as custas."

Lorde Gall ergueu os braços, manteve-os alevantados ao cerrar e descerrar as mãos, e aí soltou, em deferência sem sombra de dúvida a seus sofridos extensores, um feroz ataque de duas mãos contra os peitos, achatou-se no chão e disse, ou na verdade ganiu:

"E reverenciar o safado que contaminou meu amor!"

Ele escumava pelas beiças.

"Adeodato", ele disse, "qual é o sine qua non de toda suja reversão de a fideicomissão, me responda essa."

Belacqua se viu perdido.

"Eu te dou até dez", disse lorde Gall, "aí eu detono. Um, dois —"

Belacqua pôs seu gorrinho meditativo.

"Quatro", disse Lorde Gall, "cinco —"

"Uma representação oficial", disse Belacqua, "de seis ou mais vilões."

"Sete, oito", disse Lorde Gall, "nove —"

"Ou na verdade quer dizer", disse Belacqua, "a aquiescência do regente."

"Muito bem", disse Lorde Doyle, "e quem é o regente aqui? Anda, vai, responde."

"O Barão Abore", disse Belacqua, "acho que foi o que senhor disse."

"Errado", disse Lorde Gall. "Pode ir se abaixando."

"Partepost", trilou Belacqua.

"Se abaixe aí", bramiu Lorde Gall. "Pode ir erguendo esse traseirinho aí neste mesmo instante."

"Tende piedade", gritou Belacqua, "Me passou."

"Ninguém lhe passou nada, meu senhor", trovejou Lorde Gall. "O senhor sabe que não."

"Extravas", disse Belacqua. "Não se descabele."

"Cabelo!", zombou Lorde Gall. "Cabelo! Ora, pois as minhas suiçonas", passando as mãos pelo rosto e sentindo sua total impubescência, "são uma concessão ao meu posto." Ele as colocou para trás. "Por exemplo, nunca soube o que é ter cabelo na cabeça. Por toda a minha vida, desde que eu fui — pereça o dia! — privado do seio, fui mais calvo que fúlica."

Belacqua se pôs no pé no cesto seu.

"Já está na minha hora", ele disse.

Lorde Gall não deu a mínima, não mesmo.

"Muito bem", ele disse. "O Barão Extravas, aquela víbora frascatórica, você imagina por um único momento que ele consentiria em ser contestado no meio da fuça ou que eu, Hemo Gall, retardatário em toda forma de competição atlética aberta aos nobres, iria me degradar a ponto de rastejar diante de tal monturosidade? Bah!"

Belacqua saltou do cesto ou caldeirão e encarou, destemido como galo de rinha, o aspermático colosso, que ao concluir este último rompante tinha sentado mais ereto e envolvido o rosto com as coxas. Eis a minha posição, pensou Belacqua, como ele ousa! Lorde Gall espiava.

"O que foi agora?", ele disse.

"Ponha-se de pé", disse Belacqua, "seja um soldadinho, aguente o tranco."

Lorde Gall pôs-se dificultosamente de pé e como zebra começou a dar voz às ondas cerebrais de mais álcool.

"Pare!", gritou Belacqua. "Não se deixe enganar. O vinho é escarnecedor."

"Só uma saideirinha", implorou Lorde Gall, "e aí pereço."

"Por que o marujo Pinga Água-ardente na Madeira?", inquiriu Belacqua.

"Porque o Porto Uísque-seu", respondeu Lorde Gall com toda correção.

"Pois muito bem", disse Belacqua. "Você pediu meus conselhos. Lá vai."

"Não enrole", disse Lorde Gall, "fácil, leve e simples, eu suplico."

"Na minha opinião", disse Belacqua, "a questão se distingue."

"Se extingue", disse Lorde Gall. "Mas não me deixe interromper."

"Um: não pode surgir uma vida. Dois: você não pode romper a fideicomissão. Três: Artemísia reverte ao Barão."

"Você tem mesmo que ir embora já?", disse Lorde Gall.

"Antes de eu ir —", disse Belacqua.

"Perdão", disse Lorde Gall, "mas você combinou de te susterem nas mãos na descida?"

"Antes de vos deixar", disse Belacqua, "tem só mais uma coisinha que eu queria dizer. Esse jugo que cabe, porte com leveza, não deixe que ele te agite o peito. Mantenha-se à caça, cultive Artemísia com mão cuidadosa e segundo as malfeitorias locais, cuide de Lady Gall, sirva a Deus, honre suas missões, cedo madrugue, cedo se deite, tema ninguém, reze pelo Barão, reze por mim, boas orações e frequentes em meu nome com a sua gentileza, fique firme, fique na sua, transmita para a posteridade um nome —"

"Um nome!", apupou Lorde Gall. "Que nome? Bragavazia?"

E assim prosseguia feroz a batalha, um deles ganhando primeiro uma posição favorável, aí o outro obtendo uma vantagem. Enquanto isso a tarde não ficou à toa por ali, ela foi passando, Belacqua tinha sede de sua quinquina. Tinha dito que iria e estava legitimamente ansioso por partir, por voar para longe de Lorde Gall, de sua trágica e opressiva presença. Infelizmente o quomodo tinha ainda que ser elaborado. Ele rezava por um Moby Dick de um milagre, mas com tão pouca convicção que não foi ouvido.

"Bragavazia!", disse Lorde Gall. "Um nome passe-de-mágica."

"Sejamos sérios", disse Belacqua. "Nós não estamos indo como dizia meu caro tutor nenhuríssimos."

"Não me venha com histórias velhas", disse Lorde Gall. "Vá direto ao assunto."

"Nós todos temos nossas mazelas", disse Belacqua, "elas chegam a todos nós mais cedo ou mais tarde, se não hoje ou amanhã ou depois, é fatal. E no entanto eu recebo a impressão de que você se apresenta como um caso singular."

“Vá direto ao assunto”, disse Lorde Gall.

“Olhe pra mim”, disse Belacqua. “Em virtude da regra cruel de que a imagem acompanha a sombra, eu agora me vejo impedido de me olhar nos olhos. Eu, Belacqua Shuá, Mestre de Artes, que passei a vida inteira entre uma garrafa e um espelho, não posso mais admirar o frontispício do meu rosto. E no entanto eu não fico gemendo. Eu encaro. O que não se pode —”

“Pare!”, gritou Lorde Gall. “Pare! Pare! Pare! Pare!”

“Aquela velha comichão”, disse Belacqua, “de me pôr diante de um espelho e aí quando lá me vir de lá apagar meu rosto causa mais danos em cinco minutos que todas as outras dores e frescuras da reversão numa semana.”

“E no entanto você não fica gemendo”, disse Lorde Gall.

“Não fico”, disse Belacqua, “eu nem pensaria nisso.”

“O assunto”, disse Lorde Gall, “o assunto.”

“Não basta ser continente —”, disse Belacqua.

“Segurissimamente que não”, disse Lorde Gall. “Acredito em você.”

“Você também precisa ser sustentante”, disse Belacqua, “ou seja, matar as mazelas com risos nervosos.”

“Cristão”, disse Lorde Gall com indescritível aspereza, “a porcaria da ciência cristã.”

“Pelo contrário”, disse Belacqua, “são os primeiros degraus de auto-apoio no pensamento ocidental —”

“Malgrado uma leve tendência a exagerar nas figuras”, disse Lorde Gall, “você expõe as suas ideias com distinção, eu diria.”

“As minhas ideias!”, exclamou Belacqua. “Realmente, meu lorde, o senhor esquece que eu sou um degenerado do pós-guerra. Nós temos os nossos defeitos, mas ideias não estão entre eles.”

“Bom”, disse Lorde Gall, “suas ou de outrem, prossiga.”

“Homens os instalaram —”

“O quê?”, disse Lorde Gall. “Instalaram o quê?”

"Os degraus, claro", disse Belacqua, "instalaram esses degraus em cada região da Magna Graecia, ascendentes até seu ápice de neutralidade, acharam uma posição confortável e os colocaram —"

Lorde Gall era de fato muito obtuso. Ele não conseguia acompanhar o mais simples dos discursos.

"O quê?", ele disse. "Colocaram o quê?"

"Ora, os degraus certamente", disse Belacqua, "foram colocando ao passar."

"Que se dane tudo", disse Lorde Gall, "se eles estão sentados nos degraus, como é que podem colocar?"

"Eis o problema", disse Belacqua. "Nós perdemos essa capacidade."

"Perdemos mesmo", disse Lorde Gall, "acredito em você."

"Isso", disse Belacqua, "desde que Sócrates, o primeiro grande rapazola encanecido, com que deliciosa ironia o mundo sabe bem, revirou a cauda da abola para as árvores."

Lorde Gall ponderava tais estranhas coisas.

"Olhe para mim", disse Belacqua. "Será que eu sou um recalcitrante? Agora eu estou perguntando."

"Lá do teu jeitinho", disse Lorde Gall, "eu não diria que você seria incapaz."

"Muito bem então", disse Belacqua, "é um mundo estranho. E agora eu realmente tenho que zarpar."

Lorde Gall olhava fixamente pela janela.

"Pois salte", ele disse, "não fique me esperando."

Essas palavras cruéis não deixaram alternativa a Belacqua a não ser lançar-se convictamente contra as paredes, felizmente acolchoadas, daquele ninho de águia. Quando totalmente exausto, mas nem um segundo antes disso, ele disse:

"Ora vamos, meu senhor, nós não somos crianças. Tenha a bondade de me pôr no chão. Isso é uma mera tolice, meus leitores vão ficar impacientes."

"Guentaí", disse Lorde Gall.

"Eramá, pois que devo seer além", choramingou Belacqua, "Eis que o sol se asconde à maravilha."

"Chegue mais perto", disse Lorde Gall.

Belacqua, a essa altura quase verde, verde como o mel de Circe, não esperou uma segunda solicitação, e foi recompensado por sua alacridade sendo apanhado no colo de seu anfitrião ou carcereiro, que soprou uma caixa de asfódelos da soleira da janela e em seu lugar instalou Belacqua. Pobre Belacqua. Nunca ansiou sua mãe... Lorde Gall o segurava bem pelo papo das calças.

"An ego jam sedeo?", disse Belacqua. Os fiapos de latim que nos enfiaram à palmatória na escola são bem úteis na pós-vida.

"Nem se preocupe com isso agora", disse Lorde Gall. "O que você está vendo?"

"Um céu de algodão", disse Belacqua, "lindo como quando eu era pequeno."

"O que mais?"

"Arquipélagos de troncos podados, polvilhados de clareiras."

"Deixa de estilo", disse Lorde Gall. "Que mais?"

"Bem ao longe um castelo, uma jovem, sim ouso dizer que uma moça muito bonita, remando no fosso."

"Pois na mosca", disse Lorde Gall. "Minha doce coluna de tranquilidade, sócia de meus dias de mingau, você precisa conhecê-la."

A possibilidade encantava tanto sua nobilidade que por algum tempo ele não conseguiu continuar o que dizia. Belacqua percebia a boca que se abria e fechava por trás (Lorde Gall tentando prosseguir e fracassando) e aí, dispersada a angina do êxtase, a voz embargada jorrando no furico do seu ouvido:

"Não devia?"

"Podicrê", disse Belacqua, "o prazer vai ser meu."

"Você sabe o que eu quero dizer?", disse Lorde Gall.

"Acho que dá pra adivinhar aonde você quer chegar", disse Belacqua.

"Meu bom homem", disse Lorde Gall, "aposto que dá. Isso tudo é vieux jeu. Mas então, o que mais você está vendo?"

"Milhas e milhas de fresca grama azul", disse Belacqua.

"Minha terra de champanhe", disse Lorde Gall enrubecido, "muito bem descrita."

"Lígneas árvores à mancheia", disse Belacqua, "cópia de capões e diademas de lagos."

"Deixa de estilo", gritou Lorde Gall, "quantas vezes eu vou ter que te dizer?"

Um crocodilo, de homens, e mulheres, e crianças, passava lento por uma clareira. Lorde Gall concedeu um telescópio, dizendo:

"Lente rosa, invento meu."

Engrinaldada de bebês, a Smeraldina; um cínico em espasmos; uma cunha de coisidte, silvando pelo futuro como uma colher num Stilton; um nazista com a cabeça numa braçadeira; um monstro com a forma exata da humanidade; Dáib e Seanacán, quatro patas em três pernas de calça justa e meia braguilha; um carrinho de bebê Drumm, vazio; o bode, confidenciando suas mudanças químicas a Madame Frica, que derivava tamanho prazer da relação que só pôde ver-se superado dias depois, quando deu uma festa para uma ordinária; um bebezinho por conta própria. E assim passaram e se foram ao passado...

"Bom", disse Lorde Gall, quando tinham os dois já acabado de assoar o nariz e enxugar os olhos, ou o contrário, "o que é que você acha da minha querida Artemísia? De sua vida animal e vegetação? Será que o pouco que você viu te agrada?"

"Imensamente", disse Belacqua, "mais do que posso dizer. Aquele carrinho de bebê eu achei muito comovente."

"Excessivamente utile dulci", disse Lorde Gall. "Voto nisso toda vez. Quando os escoteiros ficam cansados eles deitam e esperam que o carrinho apareça. Você percebeu o talha-mar obviamente."

A noite caiu qual tampa.

"Coisa mais extraordinária!", exclamou Belacqua.

Lorde Gall o levantou da soleira, o jogou de novo nas almofadas, fechou a janela, acendeu uma vela, veio até ele e sentou na beira do cesto e começou a falar com surpreendente sobriedade.

"Você me deu trabalho demais. Só pense: eu te tiro da tua cerca, eu te reboco em alta velocidade e não sem dores através das mais belas paragens, eu te conto uma que você não sabia, eu deixo você espiar o meu tesouro, eu voo com você até o meu ninho, eu te mimo com Mumm, eu aguento o teu comportamento burguês imundo, eu te aceito como confidente, eu me esforço para quebrar toda e qualquer barreira entre nós..."

Belacqua acendeu um charuto na vela mas não ofereceu outro a seu benfeitor.

"Você vem sendo muito atencioso e cuidadoso", ele disse, "eu sei. Você não está achando meio abafado aqui em cima?"

"E é só com isso que ele me agradece", disse Lorde Gall, "uma crítica ao meu sistema de ventilação, patente própria minha, minha própria. Ah, Adeodato!"

"Eu não quis ser ingrato", disse Belacqua.

"Por que é que você acha que eu me dei todo esse trabalho?", disse Lorde Gall. "Será que você não consegue pensar numa boa razão?"

"Eu nunca faço questão de saber os motivos", disse Belacqua. "Parece uma coisa impertinente. E isso é algo de que eu quase me livrei."

Assim o combate minguava e crescia, cada um dando ao outro tanto quanto recebia. Mas não é um absurdo que dois homens razoáveis, por conta de certa interdependência puramente caprichosa (em oposição à que relaciona o leprechaun, digamos, à pelota, ou Dáib a Seanacán), fossem insistir em um contencioso que, por assim dizer, já está gasto até o osso, ainda que a tarifa que torna inimigos os melhores amigos nunca se materialize para o condutor? Ainda assim pode muito bem ser que cometamos uma injustiça para com eles e que o osso ainda esteja solidamente ali. Só o tempo (se e quando o devorar) poderá demonstrar.

"Agora é mover os membros do corpo", disse Belacqua, "agora não; agora é dividir, multiplicar, contratar, ampliar, ordenar, desarrumar, ou de qualquer outro modo visualizar mentalmente pelo pensamento, agora não — são mistérios que não me interessa sondar. Nem Maria nem Marta podem desaferventar minha deferência, nem me cabe dizer por que Kant não era uma vaca. In fine, meu senhor, Não posso fazer mais do que agradecer-lhe repetidamente, solicitar que o senhor me ponha de volta onde me encontrou, ou, se isso não for conveniente, pelo menos na estrada certa, e permanecer seu mais humilducubildo."

A morte não parece ter melhorado Belacqua. Ou há talvez sinais de melhora? Sim e não.

"Não é questão", disse Lorde Gall, "do que você pode ou do que você não pode fazer. Esse assunto é um dos que indubitavelmente surgirão mais tarde. Por enquanto há de mais que bastar você fazer o que mandam. Prepare-se portanto para receber instruções."

Belacqua pôs de lado o charuto e ajeitou-se bem no caldeirão.

"Posso mencionar", disse Lorde Gall, "que estava em minha contemplação, até ela se ver abolida por esse seu último fluxo de asneiras, fazer uma oferta mais do que liberal a você como paga pelos seus serviços."

"Eu não estou mais à venda", disse Belacqua, "sendo agora incorruptível, para nem dizer inferível, enquanto minha margem de mutabilidade é das menores."

"Perfeito", disse Lorde Gall, "porque hoje à noite, segundo o costume de toda a terra, lá vai você adentrar minha senhora, que vai ser para toda obra não duvido um só momento e por-lhe-ás nome de Hemo."

"Ah", disse Belacqua, "sua poça de iniquidade! Você quer me fazer virar pai? Vergonhoso vômito em vossa glória!"

Lorde Gall, cujos movimentos não podiam ser previstos de um momento a outro, agora começou a estocar o ar em idas e vindas com seu index rombudo, falando quase em pidgin:

"Bô" (estocada) "tá mi fazê" (estocada) "pai."

"E Lady Gall?", disse Belacqua, que era um sujeito modesto e achava que toda dama tinha direito a selecionar seu próprio irmão laico.

"Deixa a Moll comigo", disse Lorde Gall, "deixe o cronograma todo comigo."

"E se eu declinar", disse Belacqua, "o que você se veria obrigado a admitir que era apenas carne e sangue humanos, depois dos detalhes que me deu?"

"Aí", disse Lorde Gall, mui Olimpiano (ou talvez melhor ainda olímpico) subitamente, "aí eu nunca mais falo com você, mas na verdade paro com tudo, me afundo na garrafa e morro intestado para o rato."

"Beliscando os lençóis", disse Belacqua, "como assim?"

Lorde Gall fez bico.

"Deus te abençoe", disse Belacqua, "não se desespere. Cachorro faminto come doce podre."

Lorde Gall se animou consideravelmente.

"Também já verifiquei isso", ele disse. "Muitíssimo bem descrito eu diria."

"Temos que nos incomodar", inquiriu Belacqua, "pelo fato de que nossa era é a de uma mosca? Ou de um pinto? Haverá mais Deus num elefante que numa ostra?"

"Exatamente a mesma quantidade", disse Lorde Gall, "eu imaginaria."

"A mesmíssima quota", disse Belacqua. "Então por que se preocupar?"

Nesse momento eles cantaram juntos *Oh les femmes et les framboises*, simplesmente sentiram que deviam, para a glória da divindade não espacial.

"Você canta lindamente", arquejou Belacqua. "Declaro diante de Deus que você centra as notas como um lepidopterista."

"Digamos, melhor, uma cerzideira invisível", disse Lorde Gall. (Uma tentativa bem ordinária diga-se de passagem.) "O que você quer beber?"

"Pernod", disse Belacqua, "agora que estamos em Paris, Père, Fils e o Saint Esprit."

"Acabou o meu Pernod", disse Lorde Gall, "mas o Fernet Branca está perfeito."

"Eu vou aceitar um caneco", disse Belacqua. "Com colarinho."

Quando tinham bebido bastante à perdição de Extravas (Belacqua: "Por que o Senhor não o rachou de vez?" Lorde Gall: "Me pergunte uma mais fácil.") E a um parto feliz (Ambos: "Ach Kinder!") de suas múltiplas mazelas (Lorde Gall: "Você tem certeza que isso não vai ser demais pra você? Tem certeza que não quer umas ostras?" Belacqua: "Não, obrigado. Acho as ostras meio, na verdade muito, suculentas, demais."), e quase antes de a bebida ter tido tempo de decidir em que direção, subindo ou descendo, ia seguir, Lorde Gall explodiu suas margens da seguinte maneira:

"Mas eu juro por Deus que estou de saco cheio dessa conversa sem fim", foi lá e varreu e embelezou o ninho, pegou Belacqua no colo, abriu um alçapão no piso, passou por ele, fez-se preênsil ao tronco ali por sob com esplendorosas coxas, deixou seu tronco cair paralelo ao que Belacqua só podia conceber como o horizonte celeste, assoviou e voou rumo à terra, num cataclasma de ramos e num pandemônio enluarado de matizes outonais. Quando lá chegou abriu seu armário e tirou uma lata.

"Vaselina", ele disse, "omnia vincit."

Ele lambrecou em grande estilo.

"Unto", ele disse "para meu exantema, e — lenço-atrás! — eu pulo que nem pulga."

Belacqua recobrou consciência.

"Benesses da lenha derrubada", ele ouviu Lorde Gall, apostrofando o grande desperdício cometido, gritar na distância, "choro ao ver, e há de chorar o reversionado com toda probabilidade."

Lorde Gall tinha a reversão no cérebro.

Belacqua vomitou. Vagamente pareceu discernir o tronco da

árvore bocejar e revelar extensas cavalariças de cujos recônditos, de onde espreitava, uma avestruz tresmalhada, dentre todos os objetos inesperados, aproximou-se convocada por Lorde Gall.

"Eis Strauss" disse Lorde Gall. "Ele leva a vida na valsa, nunca hesita em obedecer. Upalalá."

Se essa injunção aplicava-se a Strauss, que começava a enterrar a cabeça no chão, aplicava-se duplamente a Belacqua, pois ele ali jazia como morto. Aquiescendo enfim os dois prontamente, entraram em contato, virilha e coxas do homem, ou na verdade fantasma, com a preciosíssima serpe da ave, em cujo lombo pouquíssimo menos precioso Lorde Gall distribuiu-se, na feliz posição de poder frear com os pés no chão seu voo caso se tornasse muito de-cabeça. Strauss vergou e murmurou algo que soou impressionantemente como "Struth!"

"Silêncio!", gritou Lorde Gall. "Silêncio imediatamente! Adiante."

"Antes de nós sairmos", disse Belacqua, "tem só uma coisinha."

Lorde G. calcava o chão.

"Para alguém que não faz questão de espiar meus mistérios", ele disse, "você está se mostrando muito aplicado eu diria."

Que discurso! Sério, Lorde Gall...!

"Lady Gall", começou Belacqua.

"Chame ela de Moll", disse Lorde Gall.

"Será que ela —", gaguejou Belacqua, "iria ela —"

"Maldição, mas é CLARO", urrou Lorde G. "todo o sucesso da nossa empreitada depende de ela fazer."

"Você está me interpretando rápido demais", disse Belacqua, "espere a pergunta."

Lorde G. se inclinou para a frente e amolleceu a montaria.

"Strauss", ele disse, "devo te pedir que espere. Algo está irritando o engallanado peso no teu pescoço."

"Ela iria afundar ou boiar no poço de Diana?", disse Belacqua. "Sim ou não?"

"Afundar", disse Lorde Gall.

"Ah", disse Belacqua, "nem posso lhe dizer o quanto me alegra ouvir isso."

"No fundo, eu acho", disse Lorde Gall, "no fundo afunda. Espere a resposta. Adiante."

Em menos tempo do que leva para decidir como esse tedioso episódio pode melhor ser liquefeito eles chegaram ao castelo, com o pobre Strauss mui esfarrapado e inclinado a lamentar-se. Lorde Gall se encarregou de tudo, Belacqua tinha meramente que tomá-la por mulher. Moll revelou-se a mais podre e sengracenta das puellas verdes que você pudesse ter a chance de imaginar, um rosto como um seção transversal de bunda estapeada, simples bissardas, risadota, sussurro clitoridiano, verrugas e um cacoete de içar todas as proposições que lhe fossem dirigidas, ou as passagens delas que não considerasse obscuras, e grande quantidade das que não eram, alguns degraus com grande entusiasmo e convicção.* De um jeito de outro ele a tomou, executou-se com um tipo de civilidade selvagem e aí, antes de ela sequer se aproximar de esgotar sua Licença de Ausência tchauzim! para suas super, simplesmente férvidas, cruzadíssimas atenções, foi envolto pelo Lethe de outra trégua, restaurado num piscar à cerca da integridade e daí sem mais pausa a sua base, o uterotáfio.

Esse parece ser o fim da aventura do impotente provisório fideicomisso dependente de prole viril, a não ser que possa interessar ao leitor, como interessou demais ao Barão, saber que Moll Gall não negou fogo e foi levada ao leito entre cenas do mais doido entusiasmo, e que no ponteiro da plenitude dos tempos uma vida foi posta. Lorde

* Ex.: LADY GALL: Lariri lariri larirei —

BELACQUA: Agora são três da tarde.

LADY GALL: (veementemente) Deveras! Certissimamente! Maravilha! Lariri lariri etc.

Gall estava no térreo na ocasião, contando suas bolas de golfe. Seus conselheiros médicos se perfilaram. Foi um momento dramático.

"Com a graça de sua majestade", disse o contramestre, "é essencialmente uma menina."

É assim neste mundo.

Para então recontinuarmos mais ou menos conforme supra, página 7, parágrafo 2, Belacqua, finalmente no limiar da extinção total como cadáver liberto, estava sentado em sua própria lápide, batendo os calcanhares irritadamente contra o R.I.P. E com a luz brilhando, o mar num sono agitado e suspirando, e as montanhas observando sua vigília ática no pano de fundo, ele achou difícil decidir assim de improviso se a cena era do tipo que se chama romântico ou se seria com mais justiça classificada de clássica. Ambos elementos estavam presentes, quanto a isso não podia haver dúvida. Talvez clássico-romântica fosse o mais justo dos diagnósticos. Uma cena clássico-romântica.

Pessoalmente, ele se sentia calmo e anelante. Um cadáver clássico-romântico.

Ele evocou a seu tempo as palavras da rosa à rosa: "Nunca morreu um jardineiro, nos anais da memória rosácea."

Ele cantou uma cançãozinha, não pôde se conter e pronto, nem podemos nós evitar registrá-la aqui, por mais que mal se encaixe com essa profunda e espirituosa história.

Ich liebe dich, Titine,
Ich muss Dich ewig lieben,
Denn du bist die Rosine
In meines Lebens Kuchen.

Ele avistou um submarino de almas ao mar, singrou em sua direção, lançando — não, recolhendo uma rede. Ele contou os peixes enquanto a Alba, enroscada no castelo de proa, exibindo seu bom e velho flamingo, arpoava e puxava-os a bordo, um a um. Cento e cinquenta e três iridescentes peixinhos, a soma dos quadrados dos apóstolos e da trindade, esbatendo-se e espumando na ponta do arpão. Ele fechou os olhos, determinado a ter uma visão, mas se sentiu tão naufragado ao fazê-lo que de novo os abriu velozmente. A nau não era mais.

O significado dessa aparição era o que ele não sondava. Não, nem ele nem ninguém também.

Gatos vieram e se sentaram. No rosto deles, amortalhado de tolerância, ele soprou a fumaça de seu último charuto, esperando assim movê-los. Mas continuavam a vir e sentar-se e o cercaram por todos os lados finalmente. Ele imaginou que estaria bem enquanto ficasse onde estava. Mas que ai dele se dali tentasse escapar.

O próximo item do programa acabou sendo nosso velho amigo o zelador, a quem não nos demos o trabalho de dar nome em Draff,* mas que agora devemos: Doyle era seu nome.

Belacqua se alegrou ao vê-lo.

"Meu velho amigo Mick", ele disse.

Esse tal de Doyle estava nu a não ser pela cinta e um par de botas que reluziam e estralejavam sob a luz da lua. Ele tinha tatuado em maiúsculas de forma feitas de fogo, um zóster chamejante que lhe cruzava a pançola, as palavras: Stultum propter Christum. Carregava um cesto de roupas, uma lanterna negra, picareta, machado, pá, enxada e balaio. Com um meneio de ombro-cotovelo-palma-e-sobrancelha agradabilíssimo de se ver ele por assim dizer lavou as mãos de toda essa bagagem que consequentemente estrepitou-se sobre o chão, soçobrada à roda dele num festim selvagem ou talvez melhor ainda numa azáfama e ficou quietinha. Os gatos desapareceram.

"O Mick não está reconhecendo o Bel", disse Belacqua, "que vergonha."

* Referência a conto de *More Pricks Than Kicks*, livro de contos do qual faria parte este "Ossos de eco" (ver introdução). (N. E.)

Doyle foi embora e voltou, arrumou as ferramentas, ergueu a picareta bem alto e observou meramente, com um sotaque dublinense de grande doçura.

"Nem me queira imaginar que você, que está na cara que é uma assombração, dá conta de me passar a perna, eu que estou aqui reforçadão de álcool."

E desce a picareta no barro consagrado como o bate-estacas da historinha, e com uma pancada que raras vezes ter-se-á dado, a lápide tremeu, o último pousio de Belacqua pulou na sua cara.

"Calminha lá", disse Belacqua, "que ideia genial é essa?"

"A ideia", disse Doyle, continuando sua obra vil com a energia, a habilidade e o despacho de um mujique-máquina modelo, "— é — numa palavra — predar."

"Tolo", disse Belacqua.

"E rapinar", disse Doyle.

"Tolo" disse Belacqua, "eu sou o corpo."

Doyle arremessou a picareta e pegou a enxada.

"Tem o corpo natural", ele disse, "e tem o corpo espiritual."

Ele depôs a enxada, foi embora e voltou, pegou a pá.

"Põe aqui a tua pá", disse Belacqua.

Mas Doyle aparentemente não tinha interesse em ser convencido, pois continuou com seu trabalho de maneira obstinada e contrariada. Era um bom trabalhador, e já tinha uma bela cavidade diante de si. Ele depôs a pá e recomeçou com a picareta. Belacqua lhe cuspiu-lhe no olho, dizendo:

"Isso também é assombração?"

Isso foi de fato uma interferência imperdoável e no entanto Doyle a recebeu como o vagabundo em "Walking Out",* recebe a

* Referência a conto de *More Pricks Than Kicks*, livro de contos do qual saiu este "Ossos de eco", em tradução pela Biblioteca Azul. (N. E.)

afronta da cadela azul, ou seja sem rancor visível, tocando sua lida, um tapado, uma bestinha por causa de um certo Cristo.

"Eu vou de seis contra quatro", disse Belacqua, "que você não vai achar nada."

Doyle depôs a picareta, foi embora e voltou, ficou parado irresoluto em meio a cesto de roupas, pá, enxada e balaio, massa de inércia em pentáculo de delírio.

"Dois contra um", disse Belacqua, "cinco contra dois, eu jogo cinco contra dois."

Doyle se animou pela enxada, descobriu seu equívoco, tentou apanhá-la com a pá, em vão, com o cesto de roupas, tarde demais estava já estragado tudo, pôs-se de pé e desarmado, à beira de um colapso.

"Me escute", implorou Belacqua.

O olho doido de Doyle viu o balaio, ele caiu em cima, devorou a asa de uma galinha, abriu uma garrafa não de cerveja preta mas de schnapps.

"Ah Mick, me escute!"

Doyle, totalmente desanimado pela trava no trabalho, lamentando já a asa da galinha, agudamente consciente de que o schnapps não estava descendo direito, a lenta ascensão de temas abemolados como uma bougie em seu cérebro (alguns eram da opinião de que Doyle era louco), percebeu que não havia mais nada a ganhar sonegando a atenção. Então ele simplesmente disse cordato:

"Essas garrafas de ametista são um grande erro. Elas não dão uma chance decente pra bebida na minha opinião."

"Nesse mundo", disse Belacqua, "que, como você sabe, é todo tentação e viagens a negócios, eu consegui, não obstante minhas numerosas esposas e admiradoras, passar a maior parcela do meu tempo na privada, coberta pelo ultraviol áceo papel de parede da angústia, de minha psique, projetando aposentos tão fundos que suas intrigas jamais seriam descobertas até que um monstro natural de um netinho tivesse me esquecido, meus pecadilhos por omissão."

Doyle conhecia exatamente esse tipo de coisa, a sensação de inércia acorrentada, de preguiça acumulada. Ela parecia vicejar, tanto mais a se lamentar, em sua linha de trabalho.

"E eu não sei?", ele disse. "Pode passar pra próxima seção."

Um gélido vento, núncio da aurora, começava a soprar. Belacqua, observando como pouco a pouco Doyle ficava azul, pio resolveu ser o mais breve possível.

"Como o âmbar atrai a palha", ele disse, "assim minha psique —"

"Se você me fizesse a gentileza", disse Doyle, "de empregar a palavra mente, porque a palavra psique me faz lembrar em primeiro lugar o Irish Statesman e em segundo lugar uma moça que me conheceu." A voz dele desmoronou. "Há muito tempo", suspirou.

"Com prazer", disse Belacqua. "... atrai a palha, assim minha mente atrai todos os dilemas mais estupefacientes. Até que, quando minha anestesia tornou-se geral, fui chamado para casa, para adotar a feliz expressão de mr. Quin que você pode já ter conhecido, finalmente. Para minha casa final finalmente. Desde então a pocilga, com exceção de sua presença, que eu a meu modo infantil supus que não me veria mais, consumiu tanto tempo meu que por vezes me vejo pensando se a morte não é o maior engodo dos tempos modernos."

Sem a mais leve hesitação Doyle soltou um anexim de certo valor.

"Em termos de aguilhões", ele disse, "a Morte não está mais preparada que uma vespa."

Belacqua achou muito bom mas não disse. Mas mesmo assim tomou uma nota mental. Ele sabia exatamente em quem podia empregá-la com mais sucesso. Continuou com o seu próprio texto.

"Agora, essa coisa toda não é meio estranha? Eu que fui sempre tão quietinho, sem fazer nada, dizer nada, a mente como um Limbo dos processos mais musicais, ser tratado como se estivesse no comitê."

Doyle foi embora. Belacqua, com as frases por vir fervendo na mente, contava os momentos até seu retorno. O submarino ficava oscilando na superfície, mais perto da praia a cada emersão. Para a pequena Alba, acenando do castelo de proa e convidando-o de maneira nada adamada, Belacqua não deu sinal. E no entanto executou toda a manobra mentalmente, determinado a explorá-la caso surgisse a oportunidade. Depois do que pareceu uma vida inteira Doyle voltou, muitíssimo aliviado a se julgar por sua expressão tranquila.

"Não é meio estranho?", disse Belacqua.

"Mal é justo", disse Doyle "muito menos equitativo."

"Acho difícil imaginar", disse Belacqua, "qualquer pessoa com a cabeça no lugar que não fique chocada com essa disparidade entre mérito e paga."

A imaginação dele certamente não é mais a mesma.

"Como é que você entende isso?", disse Doyle.

"Eu diria que a minha vida foi uma derrogação e uma impudência", disse Belacqua, "que era meu dever, melhor, devia ter sido meu prazer, cortar pelo colo do útero. Mas —"

"Peraí", disse Doyle. "Você diz derrogação. De quê?"

"Pra falar a verdade", disse Belacqua, "a consideração pela tua cianose me proíbe de entrar nesse assunto. E também eu estou com a sensação de que o tempo é curto, uma espécie de aura digamos assim."

Doyle suspirou.

"Mas eu ainda acho que você pode me dizer", ele disse.

"Mas você não é uma sarna?", gritou Belacqua, "querendo saber de tudo. Só um imbecil ia se importar com isso. Derrogação em sentido geral e abstrato não te basta?"

Doyle, calado e inclinado a cismar, deu a falsa impressão de que achava que não, de que tinha a mais baixa opinião do abstrato, falsa porque sua mente estava aplicada a coisa bem diversa. Ele estava pensando que talvez fosse inteligente ir atrás da colher de pedreiro.

"Se me basta", exclamou Belacqua, "não basta e rebasta pra você? Você fica aí bicudo que nem um rastaquera sem tapera e querendo saber de quê. Você consegue pensar em qualquer coisa que exista, Deus ou Gonococo, mais baixa que uma criatura, por seus dias da nossa vida que chegam a setenta anos, à custa de cálida cordialidade?"

Doyle, bem no fundo do peito, achou que era exagero. Mas ele sabia que nunca lhe caberia dizê-lo. Doyle era de seu natural um homem do mundo.

"Cárdio réchauffé", ele disse.

Esse pequeno esforço, digno do pintor e decorador comunista de seus dias mais palmeiros, emocionou Belacqua e o fez jacular:

"Rá! Eis que brota, o Mick que eu conheço, o grande coração humano livre, selvagem e ambicioso!"

"'Mas' disse Doyle, 'você estava dizendo' 'mas —'"

"A minha memória foi totalmente pras cucuias", disse Belacqua. "Se você não conseguir me dar uma deixa melhor que essa eu vou ter que agir como a lagarta constrangida e voltar às minhas origens."

Doyle não sacou a referência.

"Ela estava trabalhando na sua rede", disse Belacqua, "e não fazia nadinha de mal para homens ou bestas do campo, quando lá me vem o velho Macaquista cheinho de aparelhos que poupam trabalho. A lagarta nem de longe sentiu algum benefício."

Não deixe de lembrar que durante todo esse tempo Doyle ficou indo embora e voltando, ostensivamente aliviado, que nem um reloginho.

"O que te aflige Mick?", disse Belacqua, não sem gentileza.

Doyle no entanto não suportaria nem que a mais cortês das atenções fosse despertada por sua fraqueza e portanto apenas corou por sob o azul e martelou o seguinte lembrete, sim, martelou mesmo:

"Você estava mencionando como que contudo" — certamente uma construção das mais incomuns? — "enquanto feto você tenha errado, e no entanto —"

"Ah é, isso mesmo", disse Belacqua, "obrigado, Mick", e caiu num sonho de olhos abertos como se o tempo não tivera importância.

Depois de longo silêncio, suportado por Doyle como pouco

menos que um tributo a sua tolice classe-alta, algo dentro de Belacqua disse por ele:

"Às vezes lhe parece que essa velha chaga de sua vida não tenha intenção de fechar."

"Parece feio", disse Doyle. "Isso eu reconheço. Ele tentou soro fisiológico?"

"Tentou de tudo", disse a voz, "de ar fresco e acordar cedo a ironia e grande arte."

"E não conseguiu alívio?"

A ideia de não conseguir obter alívio levou Doyle às alturas. Quando ele voltou a voz admitiu que a grande arte tinha se provado um grande auxílio enquanto durou.

"Mas ele não aguentava o ritmo", ele disse, "a contrairritação era uma coisa terrível."

Belacqua passou a mão pelo rosto.

"Com que cara eu estou?", ele disse.

"Os teus olhos estão cheios de lágrimas", disse Doyle, "definitivamente rasos d'água meu pobre amigo."

"Eu não mencionei", disse Belacqua, "ou será que mencionei, que todos os refletores de todo e qualquer tipo me recusaram. É. Eles agora me saltam. Eu não existo pra eles. Eu lembro a primeira vez—"

"Se você vai ficar pixotando sem parar", disse Doyle, "vai esperar o quê?"

"Foi numa quar-ta-fei-ra-de-cin-zas —"

"Declaro diante do meu Deus-do-céu", disse Doyle, "que você me cansa a beleza com essa tua —"

"Com essa minha o quê?", disse Belacqua. "Com o que o coitadinho do Bel cansa a beleza do Mick?"

"Como direi?", disse Doyle. "Digamos que com a excentricidade da tua conversa, com esse falatório empolado? Você deve estar todo apodrecido por dentro pra decolar assim do teu sistema. Não fuja do assunto, honre o teu pai, a tua mãe e Göthe. Será que eu estou sendo claro?"

"Luminoso como a luz e límpido como o vento", disse Belacqua.

"Que bom", disse Doyle. "Agora será que você está neste exato momento, está prontinho pra assumir o controle?"

"Afinadíssimo", disse Belacqua. "Prestes a estourar."

"Malgrado aquele primeiro, fatal, fetal", disse Doyle, sentando inexoravelmente nas vírgulas, "equívoco, ou, melhor, erro —"

Silêncio mortal.

"Mas ANDA", estrilou Doyle, "não fique escolhendo, jogue uma carta desgraçado!"

"Vírgula", disse Belacqua, "erro, vírgula, isso, ou melhor, melhor ainda, vírgula, erro, dois pontos, isso, rá —"

Grito desumano.

"O que foi isso?", gritou Belacqua.

Outro e mais outro. Doyle, Doyle, cabeça jogada para trás, oliva da gorja convulsa, estava soltando-os. E lá subiam, borbulhantes da barriga, com cujos horrendos espasmos o slogan escarlate empatizava totalmente. Ele não podia continuar soltando aquilo e sobreviver, Belacqua não precisava ter sido trombado por um Membro de algum Real Colégio de Cirurgiões para ver isso. Ele soltou sete ao todo e aí parou. Mais três teriam sido sua contagem final.

"Você precisa", disse Belacqua, "é de total silêncio e escuridão."

Horror! Amanhecia.

"Um cavalheiro", disse Belacqua, "passar assim por cima de outro com uma fuzilaria de fúnebres chocalhos amplificados no mais alto êxtase da peroração me parece coisa de canalha e de cachorro. Mas eu posso estar errado."

"Os dois pontos", arfou Doyle, "eles pareciam me queimar como o fogo dos infernos."

Aurora, abortando sobre todo o enxoval da noite. Pfui!

"Quando você estiver prontinho", disse Belacqua, "recuperado, quase de volta ao que era, aí eu tenho esperança de continuar, com um, dois e três, a inumar essa conversa alucinada. Mas não antes de você estar prontinho, nem um segundo antes."

"Um, dois, três", resmungou Doyle. "Que Deus te perdoe."

"Um", disse Belacqua, "farei uma declaração; dois, farei uma sugestão; três, ajudar-te-ei a pô-la em prática, com ou sem modificações, ou, bist Du nicht willig, dir-te-ei adeus."

"Atiçando sacarrolhas chineses na minha caveira", disse Doyle, "eu estou A.I."

Belacqua se acomodou mais confortavelmente, i.e. mais coxa e menos bunda, na lápide, e começou:

"Um: mal tinha —"

"Espera um segundo", murmurou Doyle.

"Como é que é?", disse Belacqua. "Não seja tão bestialmente inaudível."

"Por acaso é de rigueur", disse Doyle, "essa cronologiazinha amalucada? Um, dois, três. Por que as pessoas não têm colhão de começar pela Pomba e terminar com o Filho escapa à minha preensão."

"Eu não ouso", disse Belacqua, "por mais que me agradasse, pôr o carro na frente dos bois nesse caso em particular."

"Bom, se você não consegue", disse Doyle, indo embora e voltando, "não consegue. Os bois, o carro, e aí —?"

"E aí com sorte o dilúvio", disse Belacqua. "E feche essa matraca agora ou eu acabo com você."

"Bola na rede", disse Doyle.

O vagabundo de novo! Ai mas ai mas aiaiai! Os velhos dias pastorais, antes de Tânatos.

"Um", disse Belacqua, "mal tinha meu cordão sido atabalhoadamente cortado e já eu labutava para me reintegrar à matriz, e não abandonei tais esforços recém-natos até a morte vir e me desfazer."

"Mas e desfez?", disse Doyle.

"Está desfazendo", disse Belacqua, "não tem como ir mais rápido."

"E é com base nisso", disse Doyle, "em consideração a toda

uma vida de contentes veleidades pré-natais, que você considera que a morte jogou sujo com você?"

"Eu achava", disse Belacqua, "tenho que admitir que achava que estava sendo injustiçado. Mas essa impressão, fico feliz em dizer, acabou sendo corrigida."

"Mas e daí —?", disse Doyle.

"Eu realmente preferia muitíssimo não entrar nesse assunto", disse Belacqua. "A economia agora é a grande questão, de agora até o fim."

"Então venha com aquele carro", disse Doyle. "As nossas amigas estrelas são como manchas de orvalho."

"Dois", disse Belacqua, "aposto te dando a mais fabulosa vantagem que nada de meu subsiste neste túmulo. Nem um anel, nem um fio de cabelo, nem a coroa de um dente, nem uma unha, nem um osso. Aposta feita ou nos despedimos?"

"Que seja três contra um", choramingou Doyle, "cabe? Meia-dúzia de cerveja preta contra um caneco."

"Feito", disse Belacqua. "Melhor a gula que a gália protestante."

"Em caso de disputa", disse Doyle, "pode ser sábio nomear um árbitro. Minha vizinhança fervilha de arqueólogos, qualquer um dos que eu calhe de conhecer ficaria mais do que feliz de participar."

Mais do que feliz! Que expressão para um homem na posição de Doyle.

"Que disputa haveria de poder surgir entre cavalheiros?", disse Belacqua. "Pense direito, Doyle."

Doyle engoliu o sapo.

"Obrigado, Doyle", disse Belacqua.

"Devo me humilhar agora", disse Doyle, "ou você está satisfeito."

"Está perfeito", disse Belacqua. "Eu não sou uma pessoa ciumenta."

"Então três", disse Doyle.

"À obra", gritou Belacqua, "e que vença o melhor!"

"Um aperto de mão", exclamou Doyle com muita empolgação.

E foi assim que Doyle, baboseirado como estivesse de incuriosidade, acabou pondo ali o seu dedo. Mais cedo ou mais tarde, querendo ou não, eles todos o fazem. Não há exceções a essa regra, aceite ou não.

Consequentemente no pó da aurora do peito de uma pomba descendendo depois de sofrer para chegar eles foram a vias de fato e com tanto empenho, Doyle exultando no brilho do esforço físico, Belacqua numa febre naturalmente de curiosidade, que a longa tampa da caixa da Nichol's, com belo acabamento meio abandonado na lama e nas trevas do ringue, quase que imediatamente os amplamente recompensou. Mas por trás das costas deles o mar tinha desenvolvido a granulada textura do chumbo marretado, mui saturnino, e o submarino mergulhava e saía enlouquecido dos baixios, um agitato que entrava no canto do olho de Belacqua como uma advertência contra a demora.

"A união faz a força", disse Doyle complacente, ajoelhando-se na caixa, limpando os últimos pingos de lama da tampa com um trapo úmido, pensando o que diabos tinha lhe dado na cabeça para encarar um trabalho desses sozinho, a essa altura da vida, com suas incapacidades físicas cada vez maiores. Aí inesperadamente ele bateu a mão onde sentia o coração batendo, não longe do sovaco. Ia ter um ataque, era essa a interessante questão.

"Desgraça!", gritou. "Esqueci a chave de fenda."

Mas Belacqua, persuadido de que não havia tempo a perder, gritou uma praga contra todas as chaves de fenda, rapinou o machado e mandou uma pancada tão grande no caixão que o abriu inteiro de proa a popa, estremecendo todos os ornatos de latão e catapultando Doyle para o túmulo adjacente consagrado à memória de um certo Gottlob. Doyle, em quem a longa noite de tomalá estava começando a deixar cicatrizes e não era de se admirar, pôs-se de pé todo grogue, sem mais qualquer fôlego, e foi embora nem precisa dizer. Belacqua abriu a mortalha rendada e espiou lá dentro para ver o que se poderia ver. Mas com o escuro e os vapores úmidos que lhe embaçavam os óculos ele não viu nada e sentiu a mesma relutância quanto à ideia de meter a mão e tatear que têm todas as pessoas hipersensíveis diante da ideia de pegar algum objeto precioso, medalhão ou moeda, de digamos um armário de argila. Então só ficou sentado paradinho até Doyle voltar e aí gritou para ele lhe passar a lanterna.

"Com certeza", disse Doyle, "claro."

"Isso", disse Belacqua, "mostre uma fagulha, isso que é camarada bonzinho, fui cegado."

Doyle se ajoelhou na borda da escavação e baixou a lanterna. Subitamente ele era Adão aquele velhote bonzinho, tremendo de lealdade e constantes serviços, conquanto lamentemos dizer que nenhuma metamorfose simpática tenha se manifestado em Belacqua, que fungou e disse:

"Está sentindo o olor dos tubérculos?"

Doyle não podia dizer honestamente que sim.

"Delicadeza e luz", disse Belacqua. "Luz e Delicadeza, Obliteram a dor, E engendram beleza."

"Bravo", disse Doyle.

"E quem quer que não conte com elas há de qual aranha consumir-se."

Belacqua abriu todo o obturador da lanterna e a luz jorrou sobre seu rosto.

"Vela afortunada!", ele gritou. "Você pode estar molhando a mão de algum santo neste exato momento."

Ele angulou o raio amarelo rumo a Doyle.

"Você está com uma cara nada boa, Doyle", ele disse, "com essa barriga escalpelada."

No que ele se virava e se curvava para investigar seus restos (se os houvesse), ocorreu-lhe que estava à mercê desse estranho sacristão ou zelador ou seja lá o que for, tão vantajosamente localizado acima e atrás dele, com tudo quanto era implemento letal à mão, e raiva no coração com grande probabilidade. Consequentemente foi num estado de certa perturbação que extirpou a fétida mortalha, inseriu a lanterna no caixão e brincou com seu olho amarelo por toda parte. Quanto ao infeliz Doyle, só podia ver o volume espiante do inquiridor e uma inconsiderável seção do interior do caixão, onde a alternância de foscos lampejos com períodos de total obscuridão adentrava sua consciência, pois estava como que tão extaticamente disposto nessa crise que não podia associar suas impressões de maneira razoável, como as cabriolas de uma lua de brinquedo numa tempestade de brinquedo. Então abrupto o ubíquo cintilar resolveu-se num estável trêmolo de luz sobre uma pequena área, que se estreitava e iluminava, a área, não o trêmolo, enquanto Belacqua cutucava com a lanterna seus achados.

"Qual vai ser", disse Doyle com uma voz que teve certa dificuldade para reconhecer.

Que cena se você para pra pensar! Belacqua menino petrificado com uma tocha na mão, as tripas esparsas do chão, o merencório anxiomaníaco na borda em pelo qual mosca à beira da uma ferida,* nas grises rajadas do tramontano as centenas de lápides suspirando e reluzindo como ossos, o balaio, picareta, pá, enxada e machado, cabala de serpes, as mais malignas, o cesto de roupas um caixão por seu próprio direito, e claro o prescrito silêncio de grande solenidade rompido apenas pelo mar convulso num daqueles sonhos, ah um daqueles sonhos, o submarino chafurdando e vaiando na praia como um tolo total, e a aurora engatinhando morro abaixo. Que cena! Digna de Mark Disney.

A imobilidade de Belacqua começou a predar o pobre Doyle, que se desgruou, tombou gargúleo, no vazio.

* A bem da verdade havia mais do que um pouco do jardineiro de Draff nesse Doyle. (N. A.)

"Um pouquinho de Goldwasser", ele instou, "direto de Danzig."

Coitado do Belacqua, o melhor que pôde dar em termos de reação a tal bondosa oferta foi um estremecimento relâmpago, como um zíper que desceu chocalhante os sarrafos da sua espinha. Estava devidamente abotoadinho dessa vez. E coitado do Doyle também, não esquecemos dele, todos os coitados aqui, não esquecemos deles, num caos do espírito ele caiu com unhas e dentes no balaio, arrancou dali o jarro, jarro de fadas, balão salsicha, quebrou-lhe a dentadas o frágil gargalo, sim realmente pareceu ter mordido aquilo de uma vez, secou num frenesi todos seus cordiais conteúdos, essência de pupila sardenta de mulheres adoradas em segredo, e foi embora.

A Alba disse de maneira geral:

"Haveremos nós de aqui nos demorarmos até que nos alcance a perdição?"

Os passageiros concordaram que seria um erro.

"Por acaso não nos desviamos de nossa rota", ela disse, "para fazer o que era certo, o que era bom?"

"Quilômetros", disseram os passageiros.

"E que reconhecimento merecemos?", disse a Alba.

Os passageiros estavam começando a sacar.

"Muito pouco", eles gritaram.

"Ele que vá pro inferno então" disse a Alba.

Então o submarino partiu, irritadíssimo.

No caixão o punhado de pedras que Belacqua tinha achado, a lanterna deitada de lado, o cheiro doce de tubérculos mortos no apagar da vela.

O cemitério uma rinha de pânico cômico, Doyle tocaiado e cercando as lápides, acocorado atrás delas emboscado, agindo de maneira bem estranha a sua natureza.

É assim neste mundo.

ANOTAÇÕES

As seguintes abreviações foram usadas para textos citados frequentemente; detalhes completos das edições são encontrados na bibliografia.

Agostinho	Santo Agostinho: *Confissões*
Burton	Robert Burton: *A anatomia da melancolia*
CDW	Samuel Beckett: *The Complete Dramatic Works*
Cooper	William M. Cooper: *Flagellation and the Flagellants*
CP	Samuel Beckett: *Collected Poems*
Dis	Samuel Beckett: *Disjecta*
DN	caderno de anotações *Dream* de Beckett, com número do comentário
Dream	Samuel Beckett: *Dream of Fair to Middling Women*
Garnier	Pierre Garnier: *Onanisme seul et à deux sous toutes ses formes et leurs consequences*
Giles	H. A. Giles: *The Civilization of China*
Lockhart	J. G. Lockhart: *The History of Napoleon Bonaparte*
LSB I	Samuel Beckett: *The Letters of Samuel Beckett, vol. 1: 1929–1940*
LSB II	Samuel Beckett: *The Letters of Samuel Beckett, vol. 2: 1941–1956*

MPTK	Samuel Beckett: *More Pricks Than Kicks*
Renard	Jules Renard: *Le Journal de Jules Renard 1887–1910*
Taylor	Jeremy Taylor: *The Rule and Exercises of Holy Living and Holy Dying*
TCD	Trinity College Dublin
UoR	The University of Reading

COMENTÁRIOS

Números romanos indicam livro e capítulo, ou ato e cena da obra citada. Não se indica número de página específico no caso de livros que estejam disponíveis em várias edições. Todas as citações da Bíblia são da *Bíblia Almeida corrigida e revisada fiel*.

Título: tomado das *Metamorfoses* de Ovídio (III, I, 399), como anotado no DN: "Os ossos de Eco se transformaram em pedra" (1101). Não tendo seu amor correspondido por Narciso, Eco consome-se até que permanecem apenas sua voz e seus ossos.

"poços": cf. "poços de emersão", em *Dream* (16).

"retornam à lama": uma descrição comum e persuasiva do mundo no cânone de Beckett. Ele gostava do verso "E lama é o mundo" ("e fango è il mondo") no poema "A si mesmo" ("A se stesso") de Giacomo Leopardi, que Beckett datilografou nos anos 1930 (ATCD MA 10971/9).

"senhor de terras": forma junto com "invasores", "aquiescido" e "obrigatório cuidado" a terminologia legal dessa primeira sentença, e antecipa a questão legal do espólio de Lorde Gall que aparece mais tarde no texto.

"livres entre os mortos": baseado nas *Confissões* de Santo Agostinho (IX, XIII); como anotado no *DN*, "Cristo era 'livre entre os mortos' — Ele era o único Morto livre da dívida da Morte" (180; cf. também *Dream* 86). Como Agostinho diz a seguir, tendo entregado a sua vida, Cristo é capaz de retomá-la, refletindo o retorno de Belacqua dos mortos. A expressão "livre entre os mortos" também aparece no Salmo 88.

"dívida da natureza": a morte, embora em termos Cristãos isso normalmente seja visto como resultado do pecado, e portanto não estritamente uma "dívida da natureza".

"pós-óbito": "após a morte", em latim. Normalmente usado como um termo legal para designar uma questão importante (muitas vezes uma dívida) que produz efeito após a morte.

"posses": antecipa a questão das posses de Lorde Gall na segunda parte do conto.

"no mesmo rio uma descida duas vezes": Heráclito, sobre o impulso imutável do tempo. Beckett leu textos sobre Heráclito no início dos anos 1930. Cf. o caderno de anotações "Filosofia" de Beckett: "Para ele não é possível entrar duas vezes no mesmo rio" (TCD MS 10967, 24r). A ideia reaparece por exemplo no poema "For future reference" (CP 68), no ensaio "Le monde et le pantalon" (Dis 128) e no conto do pós-guerra "The expelled" (8).

"ditado verdadeiro": encontrado em *Dream* (40), duas vezes em "Dante and the Lobster" e em "Yellow" (MPTK 5, 10, 155).

"Belacqua": protagonista mais antigo de Beckett, o "herói" de *Dream* e de *MPTK*, baseado no fabricante de alaúdes de mesmo nome na *Divina comédia* de Dante. Confinado ao purgatório por preguiça, Dante encontra-o agachado à sombra de uma grande pedra (*Purgatório* IV, 127). Questionado por Dante sobre por que ele está sentado ao invés de subindo o Monte do Purgatório, Belacqua diz, "Irmão, de que serve subir?", acreditando que certamente ele não teria permissão para entrar no Paraíso. Podem ser encontradas notas sobre o Belacqua de Dante em *DN* (305, 311, 313, 314, 315). Cf. também o garoto no poema "Enueg I", que evita tentar ver o jogo de Hurling.

"pó do mundo": como no Livro de Jó, "me farás voltar ao pó" (10:9), ou um versículo de Provérbios (8:26) anotado no *DN*: "o princípio do pó do mundo" (553). Cf. *Dream* (31, 78) e "What a misfortune" (*MPTK* 109).

"ponto negro": ou seja, "Terra", como definida pelo Espírito servidor no *Comus* de Milton (II, 6-7).

"não era todo um sonho": uma dentre muitas alusões feitas ao texto fonte por trás de "Ossos de eco", o (então) inédito *Dream of a Fair to Middling Women*.

"vivos": cf. "os vivos e os mortos" (I Pedro 4:5).

"existência individual definida... tudo a seu tempo": Beckett aqui está citando literalmente Anaximandro a partir da *História da filosofia* de Friedrich Ueberweg [1863-6], como anotado em seu caderno "Filosofia": "Todas as coisas devem igualmente voltar ao local onde tiveram origem; pois elas devem oferecer satisfações e reparação pela injustiça, cada qual a seu tempo"; "A existência definida individual constitui uma injustiça e deve ser reparada por meio da extinção" (TCD MS10967, 7r).

"cerca": em parte simbolizando o estado de Belacqua entre a vida e a morte, em parte refletindo a posição de seu homônimo em Dante — nem de um lado nem de outro, nem subindo nem descendo.

"casse-poitrine": a parte ativa em uma felação homossexual; a palavra é encontrada em uma lista de práticas homossexuais no DN (48r) derivando do *Onanisme seul et à deux* [1883] (486). Cf. *Dream* (20): "Casse-poitrinaire".

"deliciosos sonhos": possivelmente derivado dos *Devaneios do caminhante solitário*, de Rousseau (ver DN 332 e 333).

"Romeu e Julieta": charuto cubano cujo nome homenageia a peça de Shakespeare: a frase "fumando seu charuto" está incluída na lista de práticas homossexuais do DN citada acima (481).

"revisitar o vômito": "Como o cão torna ao seu vômito, assim o tolo repete a sua estultícia" (Provérbios, 26:11). Em *Proust* (19), Beckett liga o vômito ao hábito: "O hábito é o lastro que liga o cão a seu vômito"; cf. *Esperando Godot*: "Mas o hábito é um grande matador" (CDW 84).

"exúvia": em uma carta para Ruby Cohn (4 de janeiro de 1982) Beckett sugere "Exuvia" como um possível título para um volume de miscelânea de textos, mais tarde publicado como *Disjecta* (1983).

"nuvem de lúbrico pólen": talvez via Provérbios 16:15, como anotado no DN: "(Agradável) como a nuvem que traz a chuva serôdia" (555). Cf. também a "nuvem de chuva serôdia" em "A wet night" (MPTK 44), *Dream* (200) e o último verso do poema "it is high time lover".

"câmara de tortura, aquele compartimento onde era proibido fumar": Beckett aqui está relembrando sua breve passagem por Nuremberg no caminho de Paris para Kassel em abril de 1931 para ver sua prima Peggy Sinclair; ao ver a câmara de tortura no castelo, Beckett fez uma anotação sobre as placas de proibido fumar. Essa experiência também entra em *Dream* (71, 181) e no conto "Yellow" (*MPTK* 156, 164), e é lembrada por Beckett ao revisitar Nuremberg em março de 1937 ("German diaries"), e em uma carta a Barbara Bray (2 de novembro de 1971).

"Premiado Madden": Um prêmio estabelecido em 1798 por Samuel Madden, concedido ao segundo colocado no exame de admissão do Trinity College Dublin. No romance *Watt*, de Beckett, Arsene teria conquistado o prêmio caso não tivesse um furúnculo na bunda. Um "premiado Madden" também aparece no adendo de *Watt*.

"cutucando o nariz": tirado do comentário de 11 de setembro de 1893 do *Diário* de Jules Renard: "La solitude où l"on peut enfin soigner son nez avec amour" ("A solidão em que você pode finalmente cutucar o nariz com amor"); Beckett anotou a frase em sua cópia pessoal de Renard e a copiou no DN (221). Cf. *Dream* (22, 72, 128).

"fiasco": ocorre cinco vezes em *Dream* (19, 50, 68, 76, 121); Beckett também usou isso em uma carta para MacGreevy (26 de abril de 1935) com respeito à impotência de Octave no *Armance* de Stendhal (e é usado aqui para antecipar o "fiasco" da impotência de Lorde Gall). Mais tarde em sua vida Beckett se referia a *More Pricks Than Kicks* como sendo um fiasco. Cf. também as "ocasiões de fiasco" que Murphy evita ao escapar para o "pequeno mundo" (112), e "o primeiro fiasco na chupeta" em *A Piece of Monologue* (117).

"expiação de grande vigor": possivelmente derivado de *Flagellation and Flagellants* de William M. Cooper [1870] (12): "uma dose de castigo de grande força" (DN 341). A expiação do pecado original continua sendo uma preocupação permanente na obra de Beckett: "Eu expio vilmente, como um porco" (*O inominável*).

"herdanços": propriedade de terra que pode ser herdada; herdanços são divididos em corpóreos e incorpóreos. Um segundo aceno em direção à segunda parte do conto.

"despredicado": do verbete sobre "Misticismo" na *Enciclopédia Britânica* (14.º ed.), anotado no DN: "Deus: Ser sem predicados, acima de todas as categorias" (607). Cf. *Dream* (34).

"tríptico": uma obra de arte separada em três seções, normalmente aplicada a pinturas feitas em painéis; no contexto do conto, nós podemos também pensar na Santíssima Trindade e na *Divina comédia* em três partes de Dante.

"começar... pelo começo": Como o Rei diz a Alice no *Alice no país das maravilhas* de Lewis Carroll (cap. 12), e "para prosseguir até você chegar ao fim: então pare".

"grises cardumes de anjos": a fonte da frase não é clara, mas tem um tom distintamente danteano, como em *Dream*: "Para fazer isso, ele precisava liquidar com o Limbo, ele tinha de ejetar os anjos grises, e dispersar com luz a multidão de espíritos" (63). Os "anjos grises" também aparecem em outro ponto de *Dream* (44).

"sepultútero": uma rima usada de maneira persistente por Beckett.*

"mais lisa que o óleo e mais mole que abóboras": citando as palavras de Ravisius Textor, infame reitor da Universidade de Paris no século XVI, sobre a necessidade de chicotear as costas de garotos errantes; tirado de Cooper (426) e anotado no DN (386). Cf. *Dream* (44).

"torpor e a areia e o clarão das pálpebras sobre os globos": parcialmente derivado do *Journal* de Renard (24 de maio de 1902), como anotado no DN: "Hawk: tremendo como uma pálpebra sobre um grão de areia" (236); Cf. também *Dream*: "pálpebra sobre areia" (36), e a carta de Beckett para Thomas MacGreevy (18 de outubro de 1932): "Estou de luto pela emissão de sêmen do pendu, o que eu vejo em Homero e Dante e Racine e às vezes em Rimbaud, a pureza das pálpebras que descem antes que o cérebro saiba que há areia no vento" (LSB *I* 134-5).

* No original *womb-tomb*, sendo "womb" a palavra inglesa para ventre e "tomb", tumba. (N. T.)

"olhou no fundo do coração": ecos da advertência da Musa no soneto de abertura da sequência *Astrophil and Stella* de Sir Philip Sidney: "Olhai em vosso coração e escrevei". Sublinhado na cópia de Beckett da *Histoire de la littérature anglaise* de Legouis e Cazamian (264).

"alma... indolentemente aguilhoada e atormentada": citando Agostinho (VII, V) (DN 128).

"serena mas não relaxadamente alegre... filhos de prazeres": a aparição de Zaborovna Privet se baseia em um longo comentário do DN, por sua vez baseado em Agostinho (VII, XI): "Continência: serena, porém não ainda relaxadamente alegre, atraindo-me honestamente a ir, & não duvidar; esticando-a para frente para me abraçar suas mãos cheias de multidões de bons exemplos (viúvas sérias & virgens envelhecidas), não estéril, mas uma mãe frutífera de crianças e de alegrias; rindo de mim com uma zombaria convincente" (158). Beckett subverte as *Confissões*: se a cena marca a conversão de Santo Agostinho, para longe de uma vida de pecado, em "Ossos de eco" Zaborovna tenta Belacqua com o desejo sexual. A entrada de Zaborovna também ecoa a aparição de Beatriz na *Divina comédia* de Dante.

"que viesse e nem duvidem": como Cristo para Tomé, que duvidou da Ressurreição, mas aqui invertido, já que, é evidente, Belacqua é que "ressuscitou". Revisitada no fim do conto, onde Belacqua tenta convencer Doyle de que ele está presente corporeamente.

"Virgem anil": Beckett substitui o "envelhecidas" de Agostinho por "anil", uma palavra que se refere a uma "mulher velha" mas que também brinca com a etimologia compartilhada de "ânus", indicando que ela pode não ser "frutífera".

"Zaborovna": a ocupação de prostituta de Zaborovna está inscrita no nome dela, derivado do russo: "zabornyj" – "indecente, vulgar"; "zaboristyj anekdot" é uma história picante. Como "zabor" significa "cerca", "zabornaja literatura" é "literatura de cerca", ou pornografia; "-ovna" é uma possível terminação feminina de patronímicos russos, indicando assim "pertencente a". Dessa maneira Zaborovna é, em certo sentido, "da cerca". A maior parte das personagens femininas de Beckett em *Dream* e em *MPTK* têm nomes terminados em "a".

"Eu não estou te ouvindo": relativo àquilo que *Dream* chama de "estética das inaudibilidades", baseada em "*chi per lungo silenzio parea fioco* (rouco de tanto silêncio)" de Dante (TCD MS10966/1, 1r). Como Virgílio no primeiro canto do Inferno, Zaborovna aparece como uma inaudibilidade.

"ensopados": baseado na *Anatomia da melancolia* de Robert Burton (III, 219); cf. *DN*: "ir aos ensopados ou pegar de vez em quando um bocado quando eles chegam" (899).

"quarenta dias": Cristo passou quarenta dias no deserto (Marcos 1:13 e Lucas 4:2).

"porcas e barafundas... baixa estatura da animação": de Agostinho (I, IX), como anotado no *DN*: "Ele transferiu seus pecados dos ratos & bolas & pardais da baixa estatura da infância" (79); também usado em *Murphy* (26).

"nós, ora nosinho é só um uso impessoal, o reflexivo toscano": O "nós" impessoal usado na escrita acadêmica em muitas línguas, para evitar o abuso da voz passiva e da primeira pessoa do singular. Cf. também o narrador em *Dream*: "nós, consenso, aqui e doravante, de mim" (112). "Toscano" se refere a Dante, nascido em Florença, a capital da Toscana, e mais especificamente ao dialeto toscano usado na *Divina comédia*.

"modo de autoabuso": "autoabuso" aqui como um tipo de masturbação gramatical, no qual o "si" impessoal do Toscano pode tanto ser passivo quanto reflexivo (ao contrário do italiano padrão); ele está portanto, em certo sentido, "abusando" de si mesmo. Cf. "as alegadas alegrias do assim chamado autoabuso" (*Molloy*, 58).

"Passiva inglesa do masoquismo": brinca com os dois sentidos de "passivo"; em primeiro lugar, "submisso", em segundo lugar na voz passiva, na qual o sujeito de um verbo se refere à pessoa ou à coisa que recebe a ação descrita; ambos insinuam um tipo de "masoquismo"; "inglês" porque a voz passiva é mais comumente usada na língua inglesa do que em outros idiomas europeus.

"intervalos": não apenas uma ferramenta narrativa na obra inicial de Beckett (incluindo "Ossos de eco"), mas parte de uma preocupação estética mais ampla com pausas e hiatos e silêncios; cf. por exemplo *Dream*: "A experiência de meu leitor deve estar entre as frases, no silêncio, comunicada pelos intervalos, não pelas palavras, da afirmação" (138). A ideia também está ligada a "Les intermittences du coeur" ("as intermitências do coração") de Marcel Proust, que era o título original de *Em busca do tempo perdido*, e que mais tarde se transformou no título de uma passagem estendida de *Sodoma e Gomorra* ("talvez a maior passagem que Proust tenha escrito", *Proust* 25).

"mero obus... cansado em meu caminho": a sentença é em grande medida tomada de Burton (II, 115), onde a música é "um obus contra a melancolia, um vagão para aquele que está fatigado do caminho" (DN 802). Cf. *Dream* (38 e 85).

"musical... pensado": refere-se a *Of heroes and hero worship*, de Carlyle (291): "um pensamento muito musical" (DN 310). Uma "pausa" musical se segue na próxima linha.

"esgrimindo por achar uma brecha": a primeira de muitas frases baseadas na terminologia de lutas.

"algo entre carícia e cotovelo nas costelas": ver também *Murphy*: "Portanto a forma do chute era real, a da carícia virtual" (69).

"elevou a mente a Deus": de um comentário no DN: "Quareritur I° Que deve fazer aquele que tem consciência de estar prestes a experimentar a profanação? R. Ele deve elevar sua alma a Deus, invocá-lo, signo crucis se munire, abster-se de toda ilibação voluntária, renunciar ao deleite da voluptuosidade" (447), da *Dissertatio in sextum decalogi praeceptum, et supplementum ad tractatum de matrimonio* (1852), de J. B. Bouvier (65).

"Dr. Keate de Eton": referência ao flagelador de Eton, Dr. Keate, parafraseando Cooper (438): "Ai! – disse Keate — não posso adivinhar seu nome, os traseiros dos garotos são bastante parecidos". Do mesmo modo, Belacqua não consegue se lembrar do nome de Zaborovna.

"Privet": o sobrenome de Zaborovna é citado pela primeira vez; "privet" é normalmente usado para se referir a arbustos e a pequenas árvores do gênero *ligustrum*, que muitas vezes crescem formando uma cerca viva. Tomado junto com seu primeiro nome, confirma o status dela de uma mulher que percorre as sebes [*hedge-rambler*], ou prostituta. Também é a saudação informal em russo "pryvet".

"diversos bebês": baseado em Burton (III, 229); "observando bebês nos olhos um do outro" (DN 907). Cf. *Dream* (19) e "A wet night" (MPTK 56).

"desejo de um velho": cf. "Mais macio do que a mentula de um homem velho" (John Marston, *The Dutch Courtesan*, IV, III), anotado no caderno "Whoroscope", sendo "mentula" a palavra latina para "pênis".

"ausência de qualquer sombra": tomado do Purgatório de Dante, onde o corpo de Virgílio tem a aparência de uma alma e portanto é transparente; "*a me nulla s'adombra*" ("ante mim não aparece sombra"; III, 28). Em uma nota de um manuscrito bastante inicial sobre sua leitura de Dante, Beckett anotou "a sombra de Dante, Virgílio transparente. Vendo apenas uma no chão D. pensa que V. se foi" (UoR MS4123, IV). A Smeraldina em *Dream* é descrita como "lançando nenhuma sombra, ela própria sombra" (23).

"peias": cordas usadas para amarrar gado e cavalos, muitas vezes encontrada em lendas populares irlandesas, assim como em *The Celtic Twilight*, de W. B. Yeats. A palavra aparece nas anotações de Beckett dos *Papers on Psycho-analysis* de Ernest Jones (1912), nas quais ele faz referências, em uma discussão sobre a "Gênese do simbolismo", às suas anotações de "Trueborn Jackeen": "cp. Também Trueborn Jackeen e suas peias" (TCD MS10971/8, 13r). Cf. também o conto "The spanceled", de Daniel Corkery, publicado em 1913.

"meato": significando "abertura" ou "passagem", a palavra está anotada no DN, e aparece frequentemente no *Onanisme seul et à deux* de Garnier (476). *Dream* (157).

"tee de golfe": mais uma antecipação narrativa, aqui sobre Lorde Gall. Beckett, é claro, era um jogador passável de golfe.

"Enxugue": Tomado de *The History of Napoleon Bonaparte* de J. G. Lockhart (1829) (470): "Lágrimas correram apressadamente pelas faces de Frederico Guilherme enquanto ele caía nos braços de Alexandre: "Enxugue", disse o Czar" (*DN* 56).

"ardentíssimo e entristecido": ecoando a definição de beleza de Baudelaire em *Fusées* como sendo "*quelque chose d'ardent et de triste*".

"Gilles de Rais" (1404-40), marechal francês, infame por raptar e torturar meninos em suas buscas ligadas à alquimia e à necromancia. Se há "diversos bebês" nos olhos de Zaborovna, nos olhos de Belacqua há o oposto, as crianças mortas de Gilles de Rais. Beckett deve ter tomado conhecimento de Rais durante sua leitura de *La carne, la morte e il diavolo nella letteratura romantica* de Mario Praz (1930, tradução em inglês: *The Romantic Agony*). Seus "globos" também aparecem em *Dream* (79).

"estrangúria": micção lenta, dolorosa, evocada pela sintaxe da frase; a palavra também aparece em *Ill seven ill said* (73).

"consumpção voluntária": provérbio que diz que se você desperdiçar algo por querer, algum dia precisará do que desperdiçou.

"tetas": seios; DN tem "tetas túrgidas" (845), de Burton (III, 89). Cf. *Dream* (50).

"freira de Minsk": uma "história triste" discutida por Cooper em seu *Flagellation and Flagellants* e anotada por Beckett em DN (407); não querendo renunciar ao catolicismo romano para se converter à igreja ortodoxa, as freiras basilianas de Minsk eram deportadas para a Sibéria nos anos 1870 e colocadas em um convento onde eram reduzidas a serventes e submetidas a castigos.

"frio qual janeiro": em Burton, Sófocles era frio como janeiro (III, 301), mudado por Beckett no DN para Sócrates (968). Cf. *Dream* (61).

"não se via mais capaz... do que Alfieri ou Jean Jacques de dançar um minueto": na sua *Autobiografia* (mencionada na ficha de cadastro que Beckett fez para poder retirar livros do British Museum), Vittorio Alfieri admite que se "aborrecia" dançando, um fato que era exasperado pelo desgosto que lhe causava seu professor francês de dança, de modo que ele nunca soube "como dançar meio minueto" (51): Jean-Jacques Rousseau admitiu que apesar de ser "muito bem feito, eu nunca aprendi a dançar um minueto", já que sofria com calos (*Confissões* V).

"afogues os bebês": de Burton (III, 229). Cf. DN (907).

"superfície para respirar": em sua resenha das traduções que Leishman fez de Rainer Maria Rilke, Beckett fala do poeta alemão "sempre aparecendo para um sorvo de desgosto para reabilitar o *Ichgott*"* (*Dis* 66).

"clônus": do grego "turbulência" ou "tumulto", uma forma de movimento marcada pela alternância de contrações e relaxamentos de um músculo, normalmente em rápida sucessão. O poema "Serena II" de Beckett se refere à "terra clônica" (CP 19).

"felicidade, a possessão de ser bem iludido": citando a definição de Swift de felicidade em sua digressão sobre a loucura em *A tale of a tub*, que Beckett estudou em TCD.

"hipnose": no DN, Beckett anotou "hipnose uma condição dominante da vida" (1154), citando Jules de Gaultier, "*L'hypnose gouverne tout ce qui est vivant*" (*De Kant à Nietzsche*, 1930, 37). Gaultier cita o mito de "Titânia abraçando a cabeça de jumento de seu amante" para mostrar o poder do desejo, de onde a nota de rodapé de Beckett aqui sobre "Titânia e o jumento". Também usado em *Dream*: "pressionando à la Titânia jumentos contra nossos peitos" (16).

"aguçar-se": aqui, "ficar ansioso"; cf. DN, "não fique ansioso por voltar à casa" (818), baseado em Burton (II, 175): "É temperamento infantil ficar ansioso por voltar à casa". Em *Dream*, Belacqua anseia pela escuridão (51).

"sujeito muito nervoso": identificado na nota de rodapé de Beckett como Shakespeare, *Ricardo III*, especificamente V, III, em que Ricardo afirma que

* Ichgott: em alemão no original, pode ser traduzido por "Deus-eu". (N. T.)

"sombras noturnas impuseram mais terror" à sua alma do que "a substância de dez mil soldados".

"movimento da terra... sistema de Galileu": uma referência à confirmação feita por Galileu da teoria de Copérnico de que o movimento da terra é controlado pelo sol (*Dialogo dei due massimi sistemi del mondo*, 1632). De sua leitura de *The Universe Around Us* (1929), de James Jean, Beckett anotou "a investigação de Galileu do sistema solar". Em *Dream*, o poeta Chas declara "o poema se move, eppure" (324), em referência à frase "*Eppure si muove*" ("E no entanto se move"), supostamente murmurada por Galileu após ele ser forçado a rejeitar a sua teoria durante uma audiência da Inquisição em junho de 1633. Belacqua, de pé sobre o deque de um navio, "se move adiante, como um globo terrestre cartesiano, com o semovente navio" (*MPTK* 134: repetido em *O inominável*, 336). Essa imagem pode bem derivar de sua leitura de *Descartes* (1880) de J. P. Mahaffy: "A terra realmente se moveu, mas era como um passageiro de uma embarcação, que, apesar de estar parado, é no entanto carregado pelo movimento de um sistema mais largo em seu entorno" (61). Isso por sua vez deu forma ao poema *cartesiano* "Whoroscope" (1930), no qual Galileu aparece: "Isso não é mover-se, mas nos move" (CP 40). Cf. também *Watt*: "e no entanto se moveu, como o berço de Galileu" (o berço introduzido via *Ethics* de Arnoldus Geulincx).

"poema de Uhland": não é claro qual o poema que Beckett tem em mente, mas seu conhecimento do poeta romântico Ludwig Uhland parece vir, como descobriu John Pilling, do ensaio "Die Romantische Schule" de Heinrich Heine. Beckett cita esse ensaio e alude a Uhland em sua resenha de *A viagem de Mozart a Praga* de Mörike (*Spectator*, 23 de maio de 1934; cf. *Dis* 61-2).

"vaca cilíndrica e negra de Galloway... perdeu vitelo": detalhes dessa passagem são tomados, na maior parte das vezes literalmente, do conjunto de anotações de Beckett sob o título "Vaca" [TCD MS10971/2, 7v), que comenta que "perder vitelo [*slip calf*]" é o mesmo que "aborto".

"muito aliviada": como Ruby Tough, tendo tirado sua saia, em "Love and lethe" (MPTK 87), e Doyle repetidamente mais tarde neste conto.

"o artigo da morte": latim "*in articulo mortis*", no momento da morte.

"não está dizendo tudo o que vai na tua cabeça": Provérbios 29:11 – "o tolo revela todo o seu pensamento" (*DN* 568).

"encirrava": referência às nuvens do tipo cirro.

"doença de Addison": condição rara causada pela falha das glândulas adrenais, resultando, entre outras coisas, no aumento da pigmentação da pele.

"cueiro": invólucro triangular de pano, usado sobre as fraldas do bebê.

"navegar num bote" – ecoando o último verso do "Les poètes de sept ans" de Rimbaud: "[...] *et pressentant violemment la voile!*" ("[...] e anunciando violentamente o velejar").

"se amoite": porque Zaborovna se recusa a responder diretamente à pergunta ("Quando você diz "me receber"... o que exatamente você quer dizer"), mas também brincando com o sobrenome dela. Em *Dream*, a "imobilidade" de Alba força Belacqua a "se amoitar" (170).

"multidão": um desfile semelhante de personagens ocorre durante a festa das Fricas ao final de *Dream*, em "What a misfortune" e "A wet night". Muitos desses personagens aparecem em *MPTK*, e sua aparição aqui marca a tentativa de Beckett de dar consistência narrativa entre "Ossos de eco" e outros contos da coleção.

"Vésperas... sicilianas": Vésperas Sicilianas é o nome dado a um levante sangrento na ilha da Sicília contra o governo francês em 1282.

"mensal disfarçado de trimestral": Uma espicaçada contra *The Dublin Magazine*, editada por Seumas O'Sullivan. A revista tinha começado como mensal, mas se tornou trimestral. *The Dublin Magazine* publicou o poema "Alba" de Beckett em 1931, mas havia recusado o poema "Enueg I" (1931) e, mais recentemente, um conto, possivelmente "Ding-Dong" (primavera de 1933).

"John Jameson o'Lantern": John Jameson, o fundador do uísque Jameson em Dublin, ligado a "Jack O'Lantern", a tradição irlandesa de esculpir abóboras. Mercier e Camier bebem "JJ".

"bócio exoftálmico": também conhecido como doença de Graves, uma forma de hipertireoidismo (superprodução de hormônios da tireoide). O horóscopo de Murphy cita "doença de Graves" (23).

"Rondó Cigano": cf. "Trio para piano de Haydn em Sol maior", apelidado de "Cigano" ou "Rondó Cigano", em função de seu rondó final no estilo "húngaro".

"glabro porém fecundo": tomado de Garnier (485) e anotado como "*natura glabrum infecundum*" no DN (485): da mesma fonte (70) ele também anotou a palavra "*glabréité*" (de pele suave) no DN (454). Lorde Gall pode ser calvo, mas não é fecundo. Cf. a "coroa glabra" em *Dream* (157) e o "sujeito glabro" no poema "To my daughter" (CP 35).

"águas": do *Livro da Vida* de Santa Teresa D"Ávila: as "águas" são as águas com que a alma contemplativa é irrigada por Deus (anotado por John Pilling).

"iluminaciones": *Iluminações*, coleção de poemas em prosa de Arthur Rimbaud, em tradução para o espanhol; cf. "Staps, o jovem illuminatio" (DN 49) tomado das *Memoirs de Napoleon* [1829-31] de Louis Antoine Fauvelet de Bourrienne (II, 30) e os "illuminati" em *Murphy* (111).

"Hairy": o padrinho de Belacqua, "Hairy" Capper Quin sustentou Smeraldina após a morte de Belacqua. Como Lorde Gall, ele é "glabro", mas ao contrário de Lorde Gall, seu apelido "Hairy"* implica potência.

"rijo e aberto": em *Watt*, a marcha do herói epônimo também é "rija e aberta" (31).

"Baby Austen": fabricado desde 1922, o Baby Austin era um carro de sete cavalos de potência dirigido às massas, aqui combinado com Jane Austen.

"Conde de Parabimbi": a Condessa de Parabimbi já havia aparecido em *Dream*. O nome, em italiano, implica que eles estão "fora do alcance de filhos", isto é, "sem".

"corrigindo... um ponto obscuro em Eliot": a frase é encontrada no *DN* (945) com Dante no lugar de T. S. Eliot; adaptado de Burton (III, 270).

"para coralizar seu mãonifesto": coralizar — "cantar em conjunto"; Beckett ridiculariza o fascínio moderno pela publicação de manifestos (e pode estar lembrando a inclusão de seu nome por Eugene Jolas no manifesto em *transição* "Poesia é vertical", em março de 1932).**

"Pé quebrado": no original "Pulter's measure", forma poética que alterna versos de doze e de catorze sílabas, popular nos séculos XV e XVI; o termo deriva do hábito de criadores de aves (*poulterers*) de vender às vezes doze, às vezes catorze animais a cada dúzia.

* Em inglês, peludo. (N. T.)

** No original, a mesma palavra, "quire", significa "coralizar" e a medida inglesa para 24 folhas de papel, que em português se chama "mão". Na tradução, foi preciso desdobrar o trocadilho. (N. T.)

"meio à baderna... ex-eunucos": referência ao desaparecimento da Casa de Han como descrita em *The Civilization of China* (1911, 79) de H. A. Gilles, e anotado no DN: "os eunucos como de costume em meio à baderna" (518).

"Caleken Frica": a mãe e a filha Frica aparecem em *Dream* e em MPTK e se baseiam em Mary Manning, amiga de Beckett, e na mãe dela, Susan. "Caleken" vem de uma jovem chamada Caleken Peters, mantida em uma instituição corretiva dirigida por Cornelius Haldrien, um padre franciscano que usava o chicote para disciplinar as mulheres penitentes — nuas, daí a referência feita aqui. Beckett tomou a história de Cooper (124-33) e anotou o nome dela em DN (375). "Frica" vem de "*fricatrice*", como em "uma baixa meretriz, uma lasciva *fricatrice*" (Bem Jonson, *Volpone*). Beckett encontrou a palavra no *Onanisme seul et à deux* de Garnier (448).

"enigma de seu umbigo minnehaha minnehaha": Minnehaha é a amante de Hiawatha na *Canção de Hiawatha* (1855) de Henry Wadsworth Longfellow. No entanto, o enigma segue sendo um enigma. "Hiawatha" aparece em "Love and lethe" (*MPTK* 88).

"unicórnio de lua-de-mel": na mitologia, o unicórnio pode apenas ser evocado e domado por uma virgem; essa "lua-de-mel" seria assim outro caso não consumado.

"leiteiro": leite cru e orgânico é considerado pelos iogues como o alimento mais nutritivo.

"iogue": um praticante (tradicionalmente indiano) do sistema de ioga.

"vela padrão": medida de intensidade de uma fonte de luz, um termo hoje substituído por candela.

"leprechaun": grafado de várias maneiras, o leprechaun é definido como um espírito pigmeu do folclore irlandês no suplemento de 1817 do *Dicionário Irlandês* de O'Reilly.

"cavalgando-lhe o cérebro (abdominal)": referência ao "cérebro abdominal", o plexo solar.

"Orgia e morte": baseado em um comentário do DN, "Orgia & morte, mortalha e alcova" (276), tomado do *The Romantic Agony* (31) de Praz, que por sua vez está citando "Les deux bonnes soeurs", de Baudelaire.

"passaram... até o último": copiado de Agostinho (XI, VI) como anotado no DN: "A voz não eterna/ Pois aquela voz passou e se foi, começou & terminou; as sílabas soaram & se foram, a segunda após a primeira, a terceira após a segunda, e assim por diante em ordem, até a última após as demais, & silêncio após a última" (189). Cf. também *Dream* (105 e 137).

"andrógino": a palavra "andrógino" está anotada no DN (325) e é tomada de Praz (206). Em *Molloy*, Lousse é descrito como "andrógino" (55).

"tempestuosa lindeza": citando o poema "Sobre a Medusa de Leonardo da Vinci na Florentine Gallery"; provavelmente via Praz (26).

"um amplo vazio": mais material de Agostinho (VII, I) anotado no DN (125): "Um lugar vazio, um amplo vazio". Também usado em *Dream* (185) e *Murphy* (60).

"Ruins um a um... péssimos juntos": Becket inverte aqui uma nota no DN (210) – bons um a um — ótimos todos juntos (Dias da Criação)" – baseado em Agostinho (XIII, XXVII).

"seda rasgada": citando *The Civilization of China* (23) de Gilles, como anotado no DN: "como a melancólica concubina real chinesa que amava o som da seda rasgada" a concubina em questão é Yang Kuei-fei (509).

"mandrágoras": a mandrágora; na superstição comum, a mandrágora cresce a partir da ejaculação de homens enforcados e grita quando arrancadas do solo – daí o "som medonho" da linha anterior. Cf. *Molloy* (162) e *Esperando Godot* (CDW 18).

"Gnaeni, a pelota prânica": "Gnani" significa "sábio" em vários idiomas. "Prana", na ioga, é o "hálito" e o princípio vital que habita todas as coisas animadas, mas aqui reduzido a uma "pelota", um organismo celular básico. "Prana" reaparece em *Murphy* (122).

"Cão... dos belos": dois versos tomados do "Cadenus e Vanessa" (1713) de Jonathan Swift, sendo o verso faltante indicado pela elipse "Ou algum bruto pior na forma humana".

"Partagas": uma marca de charuto cubano estabelecida em 1845.

"Voltigeur": charuto francês; é conhecida a história de que Joyce ganhou uma caixa de Voltigeurs de Sylvia Beach após prever corretamente que George Bernard Shaw não iria querer receber *Ulysses*.

"sibilantes serpes do cabelo... Górgona": na mitologia grega, Minerva transformou os belos cabelos da górgona Medusa em cobras, depois de ela ter sido violada no templo de Minerva por Netuno; Beckett deve ter topado com a história nas *Metamorfoses* de Ovídio, mas a influência mais imediata provavelmente é o poema "Sobre a Medusa de Leonardo da Vinci na Florentine Gallery", de Shelley (já citado anteriormente no conto) via *The Romantic Agony* (42), de Praz.

"vinte e quatro letras... diversidade de humores": baseado em Burton (1, 408): "do que a ideia de melancolia produz uma variedade de sintomas em diversas pessoas". Beckett copiou no *DN*: "as vinte e quatro letras não produzem uma variedade de palavras em diversas línguas do que... produz uma variedade..." (786). Cf. *Dream* (126).

"quebra-cabeças": Beckett para MacGreevy, sobre a escrita de *More Pricks Than Kicks*: "Vim trabalhando nos contos e tinha feito mais ou menos metade ou dois terços do que seria suficiente quando repentinamente aquilo secou e tive de deixar ali. Talvez eu possa retomar agora. Mas é todo esse quebra-cabeça e eu não estou interessado" (22 de junho de 1933; *LSB I* 168).

"introduzindo como pulga suas frouxas familiaridades nos lugares mais recônditos": do "A defence of women's inconstancy" de John Donne: "As mulheres são como as moscas, que se alimentam entre nós à nossa mesa, ou como pulgas sugando o nosso sangue, que não deixam nem mesmo os nosso mais recônditos lugares livres de sua familiaridade, e no entanto em razão de sua camaradagem elas nunca serão domadas ou comandadas por nós". Beckett também usa a frase "admissão a nossos lugares mais recônditos" em *Murphy* (32). Cf. também "Yellow" (*MPTK* 154-5).

"sobe morro e desce vale": também usado no poema "Sanies I" (*CP* 12), na tradução de Beckett do poema "Song on beholding an enlightenment" de Matías de Bocanegra (*CP* 156) e em *Dream* (72), onde está ligado ao conto "Gato e rato em companhia", dos Grimm.

"Nino o Assírio": do *Holy Dying* (1, 11), de Jeremy Taylor, que conta a história de Nino, que tinha um "oceano de ouro" mas "tendo misturado seus vinhos jogou o restante sobre as pedras. Já tendo sido um "homem vivo", Nino é (como Belacqua?) "nada além de argila".

"maculado por pecados... pasto de vermes": usando mais material do *Holy Dying* (II, VII) de Taylor: "maculado de pecados e despido de boas ações, eu, que sou carne para os vermes, choro de maneira veemente em espírito". O verso é de uma oração tomada do Euchologion da Igreja Grega para aqueles "próximos à morte". Beckett primeiro escreveu "alimento de vermes", mas substituiu por "pasto de vermes".

"banquete amoroso": o grego *agap*, no Novo Testamento, se referia ao "amor paternal de Deus pelos humanos, assim como ao amor recíproco dos homens para com Deus. Os Pais da Igreja usaram *ágape* para designar tanto um rito (usando pão e vinho) quanto uma refeição entre companheiros para a qual os pobres eram convidados" (*Enciclopédia Britânica*). Em latim, a palavra se tornou sinônimo de "banquete de amor". A versão de Beckett para a Eucaristia (usando rum e alho) aqui é mais sexual do que espiritual. Em sua forma antiga em inglês, "ágape" também significa "boquiaberto", e nesse contexto a palavra também se relaciona com a "horrenda bocarra". Beckett usa a palavra nesse sentido em *Worstward Ho* (101 e 102). A peça em prosa "He is barehead" (*Fizzles*) tem "mãos boquiabertas" (135).

"Presas de Hutchinson": dentes grossos e profundamente escavados, resultado de sífilis congênita e hereditária. Cf. o poema "Spring song" dos anos 1930, que se refere a "gengivas a presa da língua" (CP 46). Belacqua em "Dante and the Lobster" tem "presas" (*MPTK* 6), e Sucky Moll em *Malone morre* tem uma "presa" solitária.

"amigona do peito": cf. "bosom butty" em *Dream* (49)."sonho da sombra": outra referência a *Dream*.

"sol abriu um olhinho no céu... luz a um pinto": "Mas como quando o sol se aproxima indo em direção aos portões da manhã, ele primeiro abre um pequeno olho do céu, e manda embora os espíritos da escuridão, e dá luz a um galo" (Taylor, *Holy Dying* I, III).

"volume aveludado da cova-ova": cf. "The wreck of the Deutschland" de Gerard Manley Hopkins: "Tumba casulo-cálida de uma triste ventre-vida" (estrofe 7) e "polpa ao palpar de velo"* (estrofe 8).

"Elísio": na mitologia grega, o local de residência das almas felizes depois da morte.

"guttatim": a palavra, significando "gota a gota", está anotada no DN: "*Distillatio* (s): sêmen & muco — guttatim" (439). Cf. *Dream*: "opium guttatim" (86).

"atitude familiar": quer dizer embriônico, como Belacqua em Dante.

"spado": uma pessoa castrada, um eunuco, ou "uma espada cortada e trespassada" (OED); cf. "Draff" (*MPTK* 177).

"fideicomisso": refere-se à herança de um espólio quando existe um herdeiro do sexo masculino. Essa frase prepara o encontro de Belacqua com Lorde Gall, que na verdade está impotente e assim arriscado a perder seu espólio. Essa passagem específica é desenvolvida em *Murphy*.

"lágrimas para a alma": *Romeu e Julieta* (V, III). Cf. também o comentário no DN (122) tomado de Agostinho: "A alma audaciosa — virado havia & virado de novo, sobre as costas & barriga — e no entanto tudo doía" (VI, XVI).

Bode: emblemático do libidinoso. Em *Murphy*, Miss Carriage tem um cheiro como o de cabra, e "cabriola" no modo "trágico" (85) — a palavra "tragédia" significando originalmente "canto do bode".

* A tradução dos versos de Hopkins foi tomada de Augusto de Campos, em "A beleza difícil". (N. T.)

"Jetzer": ver DN (371): "O irmão Jetzer vomitava o convidado envenenado", tomado de Cooper, *Flagellation and Flagellants* (95). Johanes Jetzer (1483-1515) era um irmão leigo dominicano que afirmava ter tido visões da Virgem Maria. Ele foi depois investigado pela Inquisição.

"Junípero": Aparece em comentário do DN (362) listando gimnosofistas celebrando os traseiros nus: "Cínicos / Gimnosofistas (sábios nus) / Adamitas / Turlupinos / Picardos / e irmão Junípero"; tomado de Cooper (47). Irmão Junípero era um monge franciscano que emulava a nudez de Adão antes da queda. Cf. *Dream* (98).

"Forca-se": o verso "forcou-lhe o couro" (interpretação rabínica de "Deu a ele da árvore & ele comeu)", de Cooper (373), citando o *Hudibras* de Samuel Butler, está no DN (380).

"amor secreto": de Cooper (377): "O castigo aberto é melhor do que o amor secreto" (DN 382).

"exáustica": cf. o "pequeno homem cansado (Demócrito)" no DN (720), usado no poema "Enueg I" (CP 7).

"um passarinho": como na superstição; cf. *Murphy* (109).

"que sua hora era chegada": como em João 13:1, referindo-se ao tempo divinamente apontado para que Jesus fosse glorificado por meio da morte.

"pegá-la pelos cachos": possivelmente derivado do *Menaphon* de Robert Greene: "Pensando agora em [...] tirar proveito de seus cachos".

"Calvo": o texto inteiro enfatiza a calvície de Lorde Gall, brincando com a crença de que a falta de cabelos estava relacionada à impotência.

"Crânio de São Paulo": na arte cristã, São Paulo é mais comumente mostrado como calvo, mas tendo uma barba negra.

"Suíças", no original "dundraoghaires": possivelmente uma versão irlandesa para "Dundreary", longas costeletas usadas sem barba. Beckett também pode estar aludindo ao porto de Dublin de Dun Laoghaire [pronunciado dunleary].

"echarpe belcheriana": "um cachecol de fundo azul, e com grandes bolas brancas tendo uma bola azul escuro ou olho no centro, batizado em homenagem a um celebrado pugilista chamado Jim Belcher" (OED).

"auxílio a uma vida pia": anotado no *DN* (372), tomado de Cooper (100). Beckett tinha acabado de ler *Holy Living and Holy Dying* de Jeremy Taylor.

"Schenectady putter":* inventado pelo sr. A. F. Knight de Schenectady, NY, e patenteado em 1903.

"cautchu": borracha da Índia, produzida a partir de sumo de resina de certas seringueiras, que se torna elástico ao ser exposto ao ar. Cf. *Dream* (81).

"cap-à-pie": expressão francesa que significa "da cabeça aos pés". Beckett pode estar aludindo aos atributos paternais de Lorde Gall via *Hamlet*, no qual Horácio conta a Hamlet que o Fantasma era "Uma figura como seu pai,/ Armado devidamente cap-à-pie" (I, II).

"guta percha": látex retirado exclusivamente da seringueira malaia; difere da borracha cautchu, que perde a elasticidade ao esfriar.

"tarbuche": "cobertura para a cabeça feita de tecido ou feltro (quase sempre vermelha) com uma borla (normalmente de seda azul) presa ao topo, usada

* Um tipo de taco de golfe. (N. T.)

por muçulmanos, sozinha ou como parte do turbante" (OED). Beckett pode estar pensando em Flaubert, que sabidamente usava um tarbuche.

"Perdeu a bola... que vergonha!": outra referência (via golfe, dessa vez) à infertilidade de Lorde Gall. As palavras, que dão o título a "What a misfortune", a sétima história de *MPTK*, vêm do *Cândido* de Voltaire quando um eunuco fica chocado com a beleza de Cunegundes: "*O che sciagura d'essere senza coglioni!*" ("Que azar, não ter bolas!"). Beckett usou a frase em sua sátira anônima "*Che sciagura*", que ironizava a decisão irlandesa de banir a importação de contraceptivos e que foi publicada em *T.C.D: uma miscelânea* 36 (14 de novembro de 1929).

"gigante": apresentado como um "colosso", depois como uma "estranha figura" e agora como um "gigante" de conto de fadas.

"cem mil num saco": bolas de golfe compensam a falta de potência de Lorde Gall.

"Lorde Gall de Artemísia": a Artemísia é um tipo de arbusto amargo que se espalhava ao longo do tortuoso caminho da serpente expulsa do Paraíso; é comumente associada ao fel: "Lembra-te da minha aflição e do meu pranto, do absinto e do fel" (Lamentações 3:19; ver também Deuteronômio 29:18). Para Burton (*Anatomia da melancolia* II, 4), a *Artemisia absinthium* é a cura para a melancolia. É mais comumente vista como um emblema ou signo daquilo que é amargo e penoso para a alma. Cf. o "Artemísia, artemísia", de Hamlet em uma fala à parte ao ouvir os protestos de eterna fidelidade feitos pelo ator-rainha ao seu marido moribundo, em referência ao gosto amargo que suas promessas produzirão. Beckett deve ter encontrado o nome Gall* no *Onanisme seul et à deux* (83) de Garnier, ou em *The Romantic Agony* (146) de Praz. No último, a referência é ao frenologista Franz

* Em inglês, "fel". (N. T.)

Joseph Gall, como usada em *Mercier and Camier* (34). Por fim, Beckett está consciente da distinção entre "Gael" e "Gall", irlandês nativo e estrangeiro, como usada por exemplo no livro *Bards of the Gael and Gall: Examples of the Poetic Literature of Erin* de 1907 de Douglas Hyde. Beckett reutilizou a história de Lorde Gall como contada aqui em *Murphy* (63) e, em *Watt*, os Gall, pai e filho, são afinadores de piano, como também o seu homônimo no *Ulysses* de Joyce.

"A lei é uma geneta": mais comumente, "a lei é um jumento", usado em (atrib.) Chapman, *Revenge for Honour* (1634); a substituição aqui antecipa a discussão sobre jumentos e genetas.

"sonho, ou mais numa visão": outro aceno em direção a *Dream*, a poesia "visionária" de Rimbaud e *A Vision*, de Yeats.

"não conseguia prosseguir": cf. as palavras de encerramento de *O inominável*: "você tem de prosseguir, eu não posso prosseguir, eu vou prosseguir"; também, é claro, a atitude de Belacqua no Purgatório de Dante.

"bode": uma imagem do passado, aqueles que foram preteridos, como no "pequeno bode malevolente" de "Enueg I" (CP 7). Na Bíblia, Cristo separa ovelhas de bodes (Mateus, 25:32). Em *Esperando Godot*, um dos garotos cuida de bodes, o outro de ovelhas. Há mais bodes do que ovelhas na obra de Beckett: por exemplo, em *Murphy*, Celia desvia seu olhar "como um bode que aborta" (87), enquanto Wylie cogita se um "bode de verdade" esteve na casa, e em *Watt*, um bode testemunha Mr. Hackett caindo de uma escada. Também aparecem bodes em "The calmative" e em *Molloy*.

"Adeodato": o nome do filho ilegítimo de Santo Agostinho, como anotado por Beckett no *DN*: "Adeodato (o bastardo de Agostinho)" (175); baseado em Agostinho (IX, VI), o nome aparece quatro vezes em "Ossos de eco". Cf. *Dream*: "aquele velho bastardo do Agostinho" (32).

"contrariado em seu imo": "imo" aqui no sentido de "entranhas", portanto "aborrecido no meu íntimo"; Beckett deve ter encontrado esse uso obsoleto no *Journal of Stella* de Swift: "fico contrariado em meu imo por não poder caminhar nesse dia delicioso" (décima oitava carta, 10 de março de 1710-11).

"encho... aljava": brincando com o sentido bíblico de "aljava cheia" como em Salmos 127:5, onde a expressão se refere explicitamente a filhos: "Bem--aventurado o homem que enche deles a sua aljava". A aljava de Lorde Gall pode carregar muitos putters, mas ele não tem descendência.

"cogumelos comestíveis": a aparição de cogumelos nessa paisagem distorcida acrescenta um aspecto de conto de fadas.

"Quando o nosso Senhor... não iriam para a frente": Baseado na história da entrada de Cristo em Jerusalém no Domingo de Ramos; quando os animais se recusaram a carregar "nosso Senhor" ele os amaldiçoou com a esterilidade. Lorde Gall, ele próprio "estéril", ou pelo menos incapaz de produzir qualquer descendência, elogia o jumento, que teria feito o trabalho "incondicionalmente". Em *All that fall*, Maddy Rooney acredita que Cristo andou por Jerusalém sobre um bardoto (um cruzamento entre uma jumenta e um cavalo). As questões sobre esterilidade em cruzamentos entre espécies eram familiares a Beckett desde sua leitura de *A origem das espécies* de Darwin em 1932. Em algum momento mais tarde, Beckett anotou no caderno de "Whoroscope": "Eu acho que esses autores estão certos, os que afirmam que o jumento tem um poder superior ao do cavalo, de modo que tanto a mula quanto o bardoto lembram mais o jumento do que o cavalo; mas essa superioridade é mais forte no jumento macho do que na fêmea, de modo que a mula, que é a cria do jumento macho & égua, parece mais com o jumento do que o bardoto, que é a cria da jumenta & cavalo" (80r-81r; vagamente citando o capítulo "Hibridismo" de Darwin).

"porcães": no original, "pigdog", versão anglicizada da palavra comum em alemão para abuso, "Schweinehunde".

"Primo... Secun —": em uma carta não datada para MacGreevy (verão de 1929?), Beckett disse a ele que a escrita de Proust era "mais pesadamente simétrica do que Macaulay em seus piores momentos, com primos e secundos ecoando cada um no outro complacentemente e reecoando" (*LSB I* 11). Tendo terminado de escrever o estudo *Proust* (publicado em 1931), Beckett pensou que ele não era "academicamente & primo secundo o suficiente" para ser aceito pelos editores Chatto & Windus (carta a MacGreevy, sem data [17 de setembro de 1930]; *LSB I* 48). Cf. *Dream* (51 e 69).

"rósea pudicícia": cf. *Cymbeline* de Shakespeare, em que Imogen é descrita como tendo "Uma Pudicícia tão rósea" (II, V).

"porcamontes": uma versão do proverbial "jantar de cães"; possivelmente baseado em um comentário no *DN* (861), tomado de Burton: "Cães famintos comem pudins sujos" (III, 103).

"herdeiros fideicomissos": terminologia legal, descrevendo uma situação em que inquilinos herdam uma propriedade.

"brônquios": os dois ramos da traqueia.

"pleura": a membrana que cobre o pulmão; a palavra também aparece em *Dream* (139).

"Mazeppa": título de um poema de Byron, no qual o herói epônimo morre após entregar sua mensagem; a piada aqui é que Belacqua teve de esperar que Lorde Gall contasse a história.

"traduzidos para o gaélico": um tema comum na obra de Beckett, usado por exemplo em *All that fall*. Em "Draff", o exemplo que Hairy dá de algo inexprimível em gaélico é "Onde está, ó morte, o teu aguilhão" (*MPTK* 177). Ver contudo uma entrada no caderno "Whoroscope": "uma frase que merece ser traduzida para uma língua morta" (46r).

"em uma visão": pensando em *A Vision*, de Yeats.

"inalterável por lisonjas": cf. nota baseada em Agostinho (VII, I) no *DN*: "alterável por Vós" (123).

"algumin": citando II Crônicas 2:8, que se refere às árvores que Salomão usou para construir o Templo em Jerusalém, e acrescentada a uma lista de palavras no *DN*: "analgesia, analgia, analgético, rectalgia, algumins do Líbano" (1007). Algumins também aparecem no poema "Enueg I", o que fez surgir uma observação de Beckett em uma carta a MacGreevy: "Devlin não sabia o que era um algumin e eu não pude esclarecê-lo" (9 de outubro de 1933 *LSB I* 166).

"rub- rather than sud-orem": como anotado no *DN*: "o corpo despertou ad ruborem, não ad sudorem" (799), baseado na *Anatomia da melancolia* de Burton: "até que eles enrubescessem", "não até suarem" (II, 71). Cf. também *Dream* (17-18).

"ad quem": "limite a que"; no *DN* dado como "terminus a quo & ad quem" ("limite a partir de e até que"; 719). Cf. *Dream* (159) e "German diaries", sobre andar no cemitério Ohlsdorf "devidamente sem ad quem" (25 de outubro de 1936).

"vulvados nós que Ruskin achava mais comoventes que até os mais nobres cisalpinos medalhões": mais provavelmente se referindo a Ruskin falando sobre pintura de árvores, o que ocupa grande parte do Volume I de *Modern*

Painters, criticando tanto as paisagens idealizadas de pintores mais antigos do norte da Itália quanto as de clássicos franceses como Salvator Rosa, Tintoretto, Claude e Poussin – presumivelmente os produtores daqueles "mais nobres cisalpinos medalhões" — e elogiando Turner pelo seu naturalismo rude. A palavra "vulvados" é um amálgama estranho de palavras óbvias mas também pode ser um aceno astuto em referência à lenda de que Ruskin teria sido incapaz de consumar seu casamento com Effie Gray por sentir repulsa ou dos pelos pubianos ou do sangue menstrual dela, ou na verdade de ambos. Uma referência a *Modern Painters* também aparece em *Dream* (16).

"heléboro": tipo de planta medicinal muito usada como purgante ou como veneno. De Burton (II, 18), Beckett anotou: "Heléboro ajuda — mas nem sempre" (DN 793).

"Fräulein Dietrich": Marlene Dietrich; Beckett frequentemente usava a frase da canção em *O anjo azul* (1928) de Josef von Sternberg, "sonst, nas palavras da canção, gar nix"* (por exemplo em *Dream* 11 e 17).

"vagido": choro ao nascer, cf. *Murphy* (17).

"todo meu, minhas queridas entranhas": de Burton (III, 86), como registrado no DN: "todo meu, minhas queridas entranhas" (843); usado para dirigir-se a Arland Ussher em uma carta de 1934.

"corcundas da cinta": registrado no DN: "Me opus ao Lorde com meu pescoço, com as grossas corcundas da cinta" (133), tomado de Agostinho (VII, VII).

"rhínica meditação": relativo ao nariz, no caso o desejo de Belacqua de cutucar o seu nariz.

* Pode ser traduzido por "nas palavras da canção e nada mais". (N. T.)

"Sedendo e quiescendo": DN (311) traz "sedendo et quiescendo anima effi citur sapiens" ("sentando e meditando a alma fica mais sábia"): essa descrição do Belacqua de Dante é tomada do *Dictionary of Proper Names and Notable Matters in the Works of Dante* (1898) (74) de Paget Toynbee. Beckett usou a frase como título para um excerto do não publicado *Dream*, que apareceu em *transition*, 21 (março de 1932).

"quem foi que disse isso?": baseado no DN, "Quem foi que fez tudo aquilo" (32), tomado da *History of Napoleon Bonaparte* (215), de Lockhart, citando Napoleão ao "olhar para o céu, que estava claro e estrelado". Cf. "Quem foi que disse tudo isso?" em *Dream* (73).

"Vim, sentei, me fui": brincando com a frase de César: "Vim, vi, venci"; Beckett também usou essa frase no ensaio em francês "Le Concentrisme" (*Dis* 38).

"quintessência e o fruto": tomado do DN (790): "O homem melancólico é a nata da adversidade humana, a quintessência e o fruto", de Burton (I, 434). Cf. *Dream* (77).

"Pouca riqueza, má saúde e uma vida às escondidas": variação sobre a frase de Swift: "Pouca riqueza, boa saúde e uma vida às escondidas", do fim da carta XXV em *The Journal to Stella*.

"violação": seguindo a "violação" de Belacqua por Zaborovna em trecho anterior do conto. No DN, Beckett registrou a palavra de Tomás de Aquino para violação, "*Stuprum: illicita virginis defloratio*" (433).

"ostra no Ésquilo": Ésquilo, o dramaturgo ateniense, ouviu de um oráculo que iria morrer no desmoronamento de uma casa. Ele se retirou para o campo, mas uma águia confundiu sua cabeça calva com uma pedra e derrubou uma tartaruga nele. Beckett retirou a história do *Holy Dying* (I,

I), de Jeremy Taylor, em que uma águia derruba uma ostra (não uma tartaruga) em Ésquilo. Sendo calvo, o crânio de Lorde Gall poderia facilmente parecer uma pedra.

"mastaréu": termo náutico, que significa o topo do mastro principal de um navio.

"Mumm": champanhe produzido pela casa Mumm em Rheims.

"Hemo": significando "sangue".

"pletórico": "sofrendo de ou sendo afetado por pletora; ter uma compleição avermelhada, um corpo carnudo; excessivamente cheio de sangue, congestionado" (OED).

"Impreco contra a hora em que fui tido": como em Jó 3:3: "Pereça o dia em que nasci".

"bitola de conversa fiada": a expressão "uma estreita bitola de linguagem" é encontrada no *DN* (196), aplicada às *Confissões* de Agostinho.

"cesto da gávea": aqui e em outros lugares, a casa da árvore é comparada a um navio; "cesto da gávea" também antecipa a aparição do submarino.

"Richilda, do falecido Alberto, Duque de Ebersberg": tomado de Taylor, *Holy Dying* (I, 2), em que a viúva Richilda pede a Henrique III que devolva parte das terras do marido ao seu sobrinho Welpho; quando o rei está prestes a conceder o pedido, "o chão da sala subitamente ruiu sob eles, e Richilda, caindo sobre a borda de uma banheira, feriu-se mortalmente".

"corpinho feliz": esse "corpinho feliz" também aparece no poema "Sanies II" (*CP* 14), em *Dream* (199) e no conto "A wet night" (*MPTK* 43).

"Uccello legítimo": Paolo Uccello, pintor renascentista florentino. "Uccello" é o termo italiano para "pássaro" — portanto, um Uccello "legítimo". A referência também se soma à riqueza de imagens de aves no conto. Referindo-se a sua candidatura para um cargo na National Gallery em Londres, Beckett disse a MacGreevy, "Fora meu conhecimento que é suficiente para diferenciar um Ucello de um serrote eu podia preencher o cargo tão bem quanto qualquer outro" (9 de outubro de 1933; *LSB I* 167); isso por sua vez é uma brincadeira com a insistência de Hamlet de que ele sabe a diferença entre um "falcão e um serrote" (II, III). Beckett também se refere a Ucello em uma carta de 10 de maio de 1934 para Nuala Costello, e no conto "Draff" (*MPTK* 173). Cf. também a gíria comum que usa "ucello" como "pênis".

"tórturos tormentos": formas de punição tomadas de Cooper (366), como anotado no *DN*: "Eles te amarraram à grade (do navio) ou aos triângulos?" (379).

"desgrudou": como Belacqua havia feito em "What a misfortune", de acordo com o conto "Draff" (175).

"black velvet": coquetel feito com cerveja preta (normalmente Guinness) e champanhe.

"O cisne... o pranto": II. 342–3 de *The Parlement of Foules*, de Chaucer, registrado no *DN* (926); a fonte aqui é Burton (III, 262).

"supremo abandono": *Dream* abre com um "supremo adeus", tomado de "Brise marine" ("*l'adieu suprême*") de Mallarmé.

"detenho em fideicomisso de varão": isso significa que a posse de Artemísia só pode ser herdada por meio da sucessão masculina.

"Paraísos terrestres": cf. o Purgatório de Dante (XXVIII).

"capelães... natural, absoluto, perpétuo e antecedente": No capítulo sobre "Impedimentos dirimentes em especial" ao casamento, a Lei Canônica afirma que "A impotência antecedente e perpétua para realizar o ato conjugal, por parte quer do marido quer da mulher, tanto absoluta como relativa, dirime o matrimônio". No caso de Lorde Gall, ela é "natural" no sentido de que a condição não surgiu em razão de algum acidente ou intervenção; "absoluta" porque a impotência se manifesta com qualquer parceira; "antecedente" porque a "condição" era aparente antes do contrato de casamento; "perpétua" por ser incurável. Nos termos canônicos, a impotência é "relativa ao conceito de consumação".

"terra fértil": do *DN*: "Onesiphorus, uma terra fértil" (207), baseado em Agostinho (XIII, XXV). Cf. também o Salmo 128:3: "A tua mulher será como a videira frutífera".

"priapesco": denotando algo lascivo ou fálico, a palavra (normalmente usada na forma "priápico") deriva do deus grego Priapo e de seu culto. Beckett registrou as palavras "cenas priápicas, priapismo" de Praz (198) no *DN* (317). A palavra também aparece no poema anterior "It is high time lover" (*CP* 48).

"Barão Extravas": o nome aparece no *DN* (478), em notas tomadas de Garnier (428, 479, 531): "*extra vas, ab ore, parte poste*", expressões latinas significando "fora do vaso", "pela boca" e "por detrás". O nome sugere que embora Extravas tenha tido relação sexual com a esposa de Lorde Gall, ele não a engravidou. Ver também carta a MacGreevy, 12 de dezembro de 1932: "Andei lendo muito alemão & tentando escrever estrofes obscenas Spencerianas sobre o Príncipe de Extravas mas não consigo".

"regente... reversão": o Barão Extravas herdará a posse de Artemísia se Lorde Gall não deixar um herdeiro; a posse nesse caso estaria em "fideicomisso". O dilema de Lorde Gall é usado, em termos bastante semelhantes, em *Murphy* (66).

"demônio feito gente": um "demônio feito gente" aparece em *A pequena Dorrit* (cap. 1) de Dickens.

"spirochaeta pallida": sífilis.

"envelope de luto": envelope com bordas negras, usado durante um período de luto.

"cinzas e polvilhou generosa aspersão das mesmas sobre o crânio": a versão de Lorde Gall da prática, realizada na Quarta-Feira de Cinzas, de colocar cinzas (normalmente de ramos queimados no Domingo de Ramos do ano anterior) nas testas dos fiéis como sinal de arrependimento. Ver por exemplo 1 Macabeus 3:47: "Jejuaram aquele dia, vestiram-se com sacos, cobriram a cabeça com cinza e rasgaram suas vestes".

"Desfideicomissione": romper ou cessar o fideicomisso de posse pelo qual é determinada a sucessão.

"ataque de duas mãos contra os peitos": cf. comentário sobre as *Metamorfoses* (III, I, 481) de Ovídio no DN (1116): "*nudaque marmoreis percussit pectora palmis*" ("Bateu em seus peitos nus com palmas de mármore"). Cf. também *Dream* 227 e "A Wet Night" (*MPTK* 66).

"contaminou": com doença venérea.

"beiças": lábios grossos ou salientes; Sucky Moll em *Malone morre* tem uma "beiça", escondendo seu "solitário dente" sifilítico.

"sine qua non": latim para "sem o qual não"; refere-se a uma condição, elemento ou consequência essencial.

"gorrinho meditativo": Ignatius Gallaher usa esse gorro no conto "A little cloud" em *Dublinenses*: "numa enrascada"; Belacqua também usa um em *Dream* (63).

"Lorde Doyle": presumivelmente erro de Beckett, antecipando a apresentação do personagem Doyle na terceira parte do conto. No entanto, os nomes são intercambiáveis nesse texto — ver por exemplo a próxima frase.

"Barão Abore... Partepost": latim para "pela boca" e "por detrás", os dois termos derivados do comentário no *DN* "extra vas, ab ore, parte poste" (478), tomado de Garnier (428, 479, 531). Todos esses termos denotam atividades sexuais que não levam à concepção; a passagem seguinte contém várias referências à homossexualidade.

"Me passou": palavras também ditas por Celia em *Murphy*, tendo visto o horóscopo de Murphy. Murphy, contudo, com a resposta "E eu não sei", pensa que ela está se referindo à varíola.

"Cabelo!": uma piada ruim, já que Lorde Gall não tem "cabelo" nem "herdeiro".*

"impubescência": querendo dizer prepubescência; a ausência de pelos é ligada durante todo o conto à infertilidade.

"pereça o dia!": cf. Jó: "Pereça o dia em que nasci" (3:3).

* Em inglês, as duas palavras são muito semelhantes em escrita e pronúncia: "hair" e "heir". (N. T.)

"mais calvo que fúlica": proverbial, e cf. Burton (III, III) – fúlicas são aves aquáticas cujas cabeças parecem ser calvas.

"Já está na minha hora": tomado de *Dream* (195).

"Frascatórica": Beckett está pensando em Girolamo Fracastoro (1478–1553), físico italiano e famoso como poeta por seu *Syphilis sive morbus gallicus* (*Sífilis ou a doença francesa*). Cf. também carta a MacGreevy (6 de fevereiro de 1936): "Traduza Sifilide e poi mori" (*LSB I* 314), uma referência ao famoso verso "*vedi Napoli e poi muori*" (veja Nápoles e morra).

"monturosidade" (no original "eversore"): Beckett anotou "Carthaginian eversores" no DN (86). Ele tirou a palavra da tradução inglesa das *Confissões* de Agostinho, onde "eversores" se refere aos "rebeldes" que pretendiam derrubar Cartago; o Barão Extravas da mesma maneira pretende "arruinar" o Lorde Gall.

"destemido": um comentário no DN, tomado de *The History of Napoleon Bonaparte* (552), de Lockhart, diz: "Ele te enganou, Hinton, destemido contramestre" (66). Em outro lugar das primeiras obras de Beckett, a palavra está ligada à descrição do Deão Inge "Santa Teresa: destemida filha de desejos" (DN 695); em *Dream*, Alba é a "destemida filha de desejos" (222), também em "A wet night" (MPTK 61), e no poema "Sanies I" se refere à "dançarina destemida diante das águas".

"aspermático": incapaz de ejacular sêmen; as palavras "priapismo seco, aspermatismo" são encontradas no DN (470), tomadas de Garnier (280). Cf. também a referência de Beckett a "meses de noites & dias aspermáticos" em uma carta a MacGreevy (12 de setembro de 1931; *LSB I* 87). Em seus "German diaries", Beckett anotou o fato de que durante uma palestra sobre Proust, o professor Brulez citou a "masturbação intelectual" de Huxley (*Sem olhos em Gaza*), e respondeu em seu diário: "Pelo menos melhor do que aspermatismo mental" (19 de novembro de 1936).

"minha posição": a posição fetal de Belacqua na *Divina comédia* de Dante e no *Dream* (227) de Beckett.

"De pé... soldadinho": outra piada ruim, já que o soldadinho de Lorde Gall não consegue, metaforicamente, ficar de pé. Já em "Yellow", Belacqua "precisa obliterar-se completamente e bancar o soldadinho" (*MPTK* 155).

"zebra... dar voz às ondas cerebrais": tirado do *Journal* de Renard (27 de janeiro de 1905) como anotado no *DN*: "rápido como o pensamento de uma zebra" (239); portanto Lorde Gall está pensando "rapidamente". Usado também em *Dream* (184) e *Murphy* (29).

"O vinho é escarnecedor": citando *Provérbios* (20:1) — "O vinho é escarnecedor, a bebida forte alvoroçadora; e todo aquele que neles errar nunca será sábio."

"marujo... uísque-seu": a piada reaparece em *Murphy* ("Por que o marujo Pinga Água-ardente na Madeira?"... "Porque o Porto Uísque-seu", 88) e depois em *Watt* (com o uísque "Power").

"fácil, leve e simples": citando o *Holy Dying* (III, 2), de Taylor, com as palavras precedentes sendo "O trabalho de nossa alma é abreviado", mas com um aceno em direção ao "dolce stil novo" (doce estilo novo) de Dante, usado em "Ding Dong" (41) e no poema "Home Olga" ("doce estilo noo").

"distingue . . . extingue": a questão da discussão pode ser "distinta", mas a questão do herdeiro está "extinta".

"te susterem nas mãos na descida": referência a Lucas 4:9–14, quando Satã sugere que Jesus se atire do Templo confiando que será "sustentado nas mãos" por anjos.

"jugo... leveza": citando Mateus 11:30: "meu jugo é suave e o meu fardo é leve".

"te agite o peito": dirigir as emoções ou sensibilidades; cf. *Hamlet*: "que relinchem os que têm rédea curta, nós temos a rédea solta"* (III, II). Cf. também "A wet night" (*MPTK* 46).

"com mão de marido": Lorde Gall pode ser capaz de agir maritalmente, mas não de agir como marido.

"fique firme": coloquial, no sentido de permanecer alegre ou estável, mas também com um trocadilho sexual.

"Bragavazia": como Liam O'Flaherty afirma em *The Black Soul* (1928), "o pior dos insultos", já que "não ter filhos era ser impotente".

"tarde... foi passando": como em *A velha loja de curiosidades* (cap. 26), de Dickens.

"quinquina": nome francês para um aperitivo sul-americano levado à Europa por missionários espanhóis no século XVII. Também antecipando a aparição de Capper "Hairy" Quin.

"ansioso por partir": em *Krapp's Last Tape*, Krapp está "ansioso por partir" (*CDW* 222).

"quomodo": a maneira, ou modo pelo qual ir embora.

"Moby Dick de um milagre": no *DN*, Beckett anotou a expressão "Uma baleia de um milagre" (209), tomada de Agostinho (XIII, XXVII) e usada em

* Tradução do trecho de Hamlet de Millôr Fernandes. (N. T.)

Dream (181). Aqui a citação está ligada ao romance de Melville, que Beckett havia lido quando estava escrevendo *Dream* (carta para MacGreevy, 4 de agosto de 1932).

"Não me venha com histórias velhas": não se repita; como indica um comentário no caderno de "Whoroscope", Beckett tomou isso do *Tom Jones*, de Henry Fielding. Cf. também *Murphy* (13).

"imagem.... sombra": a correlação está estabelecida no mito da caverna de *A república*, de Platão.

"impedido de me olhar nos olhos": os hábitos narcisísticos de Belacqua são negados.

"Shuá": Beckett tomou o sobrenome de Belacqua de Garnier (16), como revela um comentário no DN: "Er, Onã e Shelá, filhos de Judá & Shuá" (425); como afirma o Gênesis 46:12, Shuá [ou Sua] é a mãe de Onã.

"garrafa e um espelho": Burton — "passando o tempo dela entre um pente & um copo" (citado DN 858). Cf. também *Dream* (50).

"velha comichão": DN (443) contém um comentário — "prurience, prurigo, prurido" — de Garnier (24, 35, 131), todas se referindo a "comichão"; cf. *Dream* (19, 56, 108, 181), o "prurido racionalista" em *Murphy* (120) e o "difuso prurido ano-escrotal" do Sr. Nackybal em *Watt*. Ao reclamar de pedidos feitos por editores para que cortasse passagens de *Murphy*, ele disse a MacGreevy que seu próximo trabalho caberia em folhas de papel higiênico, e "também em Braille para quem tem pruridos anais" (*LSB I* 383).

"espelho... apagar meu rosto": do *Journal* de Renard (18 de fevereiro de 1892); marcado na cópia pessoal de Beckett e anotado no DN (218): "*Quand il se regardait dans une glace, il était toujours tenté de l'essuyer*" ("quando se viu num espelho, ele sempre se viu tentado a apagá-lo"). Também usado em *Dream* (22, 47, 128). Como Narciso, Belacqua vê sua própria imagem frequentemente em um espelho.

"continente... sustentante": usando material do *DN*: "As 2 virtudes: conter-se (uma pessoa dos assim chamados bens deste mundo); sustar (os males do mundo)" (183), resumindo uma passagem em Agostinho (x). Cf. também *Dream* (46 e 73).

"matar as mazelas com risos nervosos": uma versão do *risus purus*, o riso dos risos sobre a infelicidade em *Watt* (40), e cf. "Nada é mais engraçado do que a infelicidade" em *Endgame* (*CDW* 101).

"Cristão.... ciência que sangra": Lorde Gall rapidamente dispensa as ideias agostinianas assumidas por Belacqua. Membros da Christian Science Church, fundada no fim do século XIX, confiam mais nas orações a Deus do que em remédios ou em cirurgia para curar; assim eles normalmente recusam transfusões de sangue.

"Magna Graecia": "Grande Grécia" da Antiguidade, e por extensão a Filosofia Antiga; um mapa desenhado à mão da "Magna Graecia" pode ser encontrado no começo das "Notas filosóficas" de Beckett (TCD MS10967).

"ápice de neutralidade": possivelmente inspirado por *Christian Mysticism* (7), de W. R. Inge, como sugere um comentário no *DN*: "ápice da mente" (676), *apex mentis* de São Boaventura.

"degraus.... os colocaram": Beckett aqui está se referindo à conhecida imagem da escada do conhecimento, usada primeiro pelo antigo cético grego Sexto Empírico em *Contra os lógicos*; Beckett redescobriu a ideia em sua leitura de Fritz Mauthner e Ludwig Wittgenstein, que a usa para discutir o que a linguagem não pode transmitir.

"Sócrates.... encanecido": cf. DN, "Sócrates era frio como janeiro" (968), tomado de Burton (III, 301) mas substituindo Sófocles por Sócrates (como em *Dream* 61). Cf. também a comédia popular irlandesa *The Whiteheaded Boy* (1916), de Lennox Robinson.

"deliciosa ironia.... revirou a cauda da abola": a abola era uma peça de roupa usada nos tempos antigos de Roma por camponeses, soldados e filósofos como "uma afetação" (OED). A referência aqui é a Sócrates, em julgamento de pena de morte, levantando a cauda de sua abola para atender ao chamado da natureza (e expondo assim suas nádegas). Daí a "deliciosa ironia". A frase é reproduzida em *Murphy* (125).

"paredes, felizmente acolchoadas": como são as celas no Magdalen Mental Mercyseat em *Murphy* (105, 113).

"Guentaí": o tom afetado da conversa anterior passa para dialeto, com Lorde Gall usando no original um sotaque escocês (Belacqua retalia com inglês medieval).

"Eramá, pois que devo seer além. . . Eis que o sol se asconde à maravilha": Chaucer, *A lenda das boas mulheres* (l. 153, B, na edição de Skeat). Beckett copiou o trecho, junto com o começo do verso seguinte "To paradys...", no DN (1176); a referência a "Paradys" é notavelmente omitida: a visão que Lorde Gall tem de Artemísia como sendo um "paraíso terrestre" não é compartilhada por Belacqua. Isso antecipa a chegada da aurora mais tarde no conto, antes da qual o "fantasma" Belacqua deve ir, como Hamlet.

"verde como o mel de Circe": a frase "Verde mel de Circe" está no DN (710), e vem de Homero, *Odisseia* (x, 166). Essa é a versão de Beckett para "*miel vert*", já que ele leu o livro na tradução francesa de Bérard (cf. carta a MacGreevy, setembro de 1931). Cf. também *Dream* (155).

"asfódelos": mais provavelmente com o simbolismo que tem na *Odisseia* (XI, 539): uma flor tornada imortal por poetas, e da qual se diz na mitologia e na religião gregas que cobre os campos Elíseos.

"An ego jam sedeo?": "estou sentado agora?"; a frase é atribuída a Sêneca e diz respeito a um tolo rico que foi erguido de seu banho e posto em um sofá macio, mas Beckett presumivelmente tomou-a de Taylor, *Holy Dying* (I, III).

"de latim que nos enfiaram à palmatória na escola": quando questionado sobre a origem de sua proficiência em latim, Johnson respondeu "Meu professor me batia muito bem" (Boswell, *Vida de Samuel Johnson*; anotado por Seán Lawlor).

"Arquipélagos.... clareiras": ecoando II. 83–4 do poema de Rimbaud "Le Bateau ivre", que Beckett traduziu ("Drunken boat") no início de 1932: "Eu vi arquipélagos de estrelas e ilhas lançaram-me/ sobre o profundo delírio de seus céus" (CP 66).

"deixa de estilo": referindo-se à imitação que Belacqua faz do estilo de Rimbaud, (especialmente o uso de plurais).

"jovem... remando no fosso": cf. último verso do poema "Les Poètes de sept ans" de Rimbaud.

"doce coluna de tranquilidade": de Burton (III, 249), referindo-se à "boa esposa", como indicado pela nota no DN: "uma coluna de tranquilidade (uma boa esposa)" (916). Cf. *Dream* (23).

"sócia de meus dias de mingau": anotado no DN (542) e derivada de *The Civilization of China* (192) de Giles, em que se refere à lealdade de Sung Hung à sua esposa, com a qual ele enfrentou a pobreza. Cf. *Dream* (183).

"vieux jeu": velho jogo ou coisa velha; bem conhecida.

"terra de champanhe": das *Méditations poétiques* de Alphonse de Lamartine, e usado de maneira variada por Beckett em *Dream* (9 e 43), "Fingal" e "Walking out" (*MPTK* 18 e 96), no poema "Enueg I" (*CP* 6), na tradução do poema "Song on beholding an enlightenment" de Matías de Bocanegra (*CP* 155) e em *Mercier and Camier* (71).

"diademas": coroas, adornos.

"crocodilo": expressão coloquial para crianças andando de duas em duas em uma longa fila. Essa é a segunda aparição de um desfile de personagens novos e velhos.

"Engrinaldada": Presumivelmente Smeraldina está grávida de bebês de Hairy Quin, já que foi Hairy que se propôs a substituir Belacqua na afeição dela em "Draff". Há uma "grinalda de palavras" em *Dream* (226) e em "A wet night" (*MPTK* 65).

"cínico em espasmos": um comentário no *DN* diz "cínico espasmo [?]" (477), e é tomado de Garnier (409ff); de acordo com Garnier, essas são convulsões produzidas ao se masturbar com objetos.

"Nazi com a cabeça numa braçadeira": referência obscura; Beckett está lembrando sua visita à câmara de tortura no castelo em Nuremberg em abril de 1931, e assimilando isso ao fato de que a cidade foi um dos primeiros domínios do partido nazista, desde setembro de 1933.

"monstro com a forma exata da humanidade": uma paródia do ato do Deus Cristão ou de Prometeu formando a imagem à sua semelhança, com um aceno em direção ao *Frankenstein* de Mary Shelley e ao poema "Prometheus" de Goethe.

"Dáib and Seanacán": versões gaelicizada de Davi e Jônatas (Livro de Samuel). Os nomes deles aparecem em uma lista de modelos clássicos de amizades masculinas em Burton (III, 28); Beckett registrou alguns deles no *DN* (813): "Damon & Pythias", "Pílades & Orestes" (usado em "Ding-Dong"; *MPTK* 32), "Nisus & Euryalus" e "Teseu & Pirithous". Davi e Jônatas são, como indicado pela referência às "quatro patas em três pernas de calça justa e meia braguilha" e pelo fato de que eles são "relacionados" na próxima vez em que são mencionados, amigos muito próximos.

"passaram e se foram": copiado de Agostinho (XI, VI) como anotado no *DN*: "A voz não eterna/ Pois aquela voz passou e se foi, começou & terminou; as sílabas soaram & se foram, a segunda após a primeira, a terceira após a segunda, e assim por diante em ordem, até a última após as demais, & silêncio após a última" (189).

"carrinho de bebê eu achei muito comovente": cf. a cena do filme *O encouraçado Potemkin*, de Sergei Eisenstein, em que um carrinho de bebê lentamente desliza (se move) pela escadaria de Odessa. Beckett escreveria uma carta a Eisenstein em 1936 perguntando se podia fazer parte de seu instituto cinematográfico em Moscou.

"utile dulci": da *Ars poetica* (l. 343) de Horácio; citado por Burton no frontispício da *Anatomia da melancolia*: "*Omne tulit punctum qui miscuit utile dulci, lectorem delectando pariterque monendo*" ("Aquele que une a instrução ao deleite, agradando o leitor ao mesmo tempo em que ensina, leva todos os votos").

"talha-mar": colocado na parte dianteira do navio, o talha-mar divide a água antes que ela chegue à proa; associado aos seios de Frica em *Dream* (215), e na passagem correspondente em "A wet night" (*MPTK* 55).

"A noite caiu qual tampa": como ocorre no final do primeiro ato de *Esperando Godot* — "*Em um momento é noite*" (*CDW* 50).

"a tarifa": em *Dream* (211) o encargo de pagar a tarifa do bonde do jesuíta fica com o Urso Polar.

"condutor": o condutor em *Dream* (158) é lento e irlandês.

"o osso ainda esteja solidamente ali": uma alusão ao título do conto, "Ossos de eco".

"Só o tempo (se e quando o devorar)": do latim "*tempus edax*", a ideia do tempo como um "devorador de todas as coisas" encontrada por exemplo nas *Metamorfoses* de Ovídio (XV, I. 234). O lema em latim aparece em "Walking out" (*MPTK* 108).

"Agora é mover os membros do corpo.... agora não": anotado no *DN* (143) e baseado em Agostinho (VII, XIX).

"dividir, multiplicar.... mentalmente pelo pensamento": o ato de distinguir imagens da alma essencial de fantasmas; também tomado de Agostinho (VII, XVII) e anotado no *DN* (141).

"Maria nem Marta": na Bíblia, Maria e sua irmã, a criada Marta, são emblemas da vida contemplativa e ativa, respectivamente, (João 11:1). A criada de Moran em *Molloy* também se chama Martha.

"In fine": latim "no final".

"humildocubildo", (no original "humblecumdumble"): a palavra, significando "humilde criado", aparece na Carta 10 do *Journal to Stella* de Swift. Beckett usou a palavra para assinar cartas a Arland Ussher (1934) e a Jocelyn Herbert (16 de junho de 1966).

"Morte... melhorado": cf. "Draff", Hairy Quin "melhorou bastante"; seu "rosto melhorou rapidamente" (*MPTK* 171, 172).

"incorruptível.... inferível.... mutabilidade é das menores": *DN* traz a anotação "incorruptível, inferível & imutável" (124), de Agostinho (VII, 1). Beckett a cita, inalterada, em *Dream* (41). A palavra "incorruptível" aparece no ensaio "Recent Irish Poetry" (*Dis* 70), no poema "Malacoda" e em *Murphy* (123). O guarda em "A wet night" tem um "coração incorruptível" (*MPTK* 64). Cf. também I Coríntios 15:52: "e os mortos ressuscitarão incorruptíveis".

"segundo o costume de toda a terra": citando o Gênesis (19:31), em que as filhas de Lot tentam se deitar com seu pai.

"por-lhe-ás nome de Hemo": ecoa as palavras do anjo Gabriel ao anunciar a Maria que ela irá conceber, e "por-lhe-ás o nome de Jesus" (Lucas 1:28–31).

"poça de iniquidade": uma nota no *DN* (889) diz "mais invejoso do que a varíola (porca descarada) & em uma poça de iniquidade", e é tomada de Burton (III, 205).

"me fazer pai": citando Burton (III, 104), "Ela me fez pai", e anotado no *DN* (862). Cf. *Dream* (117).

"Vergonhoso vômito": Mais Burton (II, 246) do *DN* (821): "Que caia a desventura sobre aquele que embebeda seu vizinho: haverá vergonhoso vômito sobre sua glória". Cf. também *Dream* (123) e o poema "Home Olga".

"index rombudo": Beckett tem outro "index" em mente aqui, como mostra uma entrada no *DN* (472): "pênis rombudo do masturbador exclusivo", de Garnier (288). O subtexto aqui é que Gall se masturba excessivamente e "exclusivamente", algo que na crença popular causa infertilidade.

"irmão laico": ver também *Dream* (79) e o poema de 1929 "Return to the Vestry" (*CP* 249).

"Moll": nome comum de prostituta, e ela também é sifilítica; cf. *DN* nota "sífilis; toga virilis" (486), modificada em uma carta para MacGreevy de 8 de outubro de 1932 para "toga mollis". Moll também é o nome do amante de Macmann no romance de Beckett *Malone morre*.

"Olimpiano": a palavra está registrada nas notas de Rachel Burrows da palestra de Beckett no TCD sobre Corneille. Belacqua tem "fantasias olimpianas" em "What a misfortune" (*MPTK* 111).

"morro.... intestado": morrer sem ter feito um testamento válido, de modo que o espólio fica sob as regras da herança. Na ausência de um herdeiro, o espólio de Lorde Gall's reverteria para o Barão Extravas.

"Beliscando os lençóis": um sintoma médico que indica a aproximação da morte.

"Cachorro faminto come pudim sujo": tomado literalmente de Burton (III, 103; nota de rodapé), e anotado no *DN* (861).

"mais Deus num elefante que numa ostra": baseado em Agostinho (VII, I); no *DN* lê-se: "Mais Deus em um elefante do que num pardal (Sofismo da divindade espacial)" (126). A resposta de Lorde Gall pode estar relacionada a outra passagem das *Confissões* (III, VII) registrada no *DN*: "Não sendo Deus uma massa; pois a massa infinita contém partes menores do que a sua infinitude; portanto não completamente em todo lugar" (87).

"oh les femmes et les framboises": muito possivelmente referência à canção "Les fraises et les framboises", adaptada por Serge Claude com música de E. Wolff.

"divindade não espacial": de Agostinho (VII, I); no *DN* lê-se: "Mais Deus num elefante do que num pardal (sofismo da divindade espacial)" (126).

"centra as notas como um lepidopterista": como lepidopteristas exibem borboletas e mariposas.

"cerzideira": a palavra aparece no *DN* (474) e é tomada do *Onanisme seul et à deux* (448), de Garnier:

> sem seio } a frixatrix (cerzideira)
> sabre liso }

Beckett pode estar se referindo à "costura invisível", o reparo de tecidos por meio da retirada e posterior recostura de fios individuais de partes escondidas da vestimenta.

"Père, Fils and Saint Esprit": Pai, Filho e Espírito Santo.

"Acabou o meu Pernod": Pernod Fils era uma marca popular de absinto antes de a bebida ser banida em 1915. Um de seus ingredientes era a artemísia, e quando bebido em excesso causava impotência.

"Fernet Branca": Uma bebida muito forte, que também é tomada em *Dream* (37).

"Ach Kinder!": em alemão, "Oh filhos!"

"umas ostras": por elas terem qualidades afrodisíacas; a frase "beijo de ostra" está registrada no *DN* (922) de Burton (III, 256) e usada em *Dream* (17), "Le concentrisme" (39) e *Murphy* (75).

"ostras... muito suculentas": Cf. comentário no *DN*, "suculento bivalve" (639), possivelmente derivado do capítulo "Circe" do *Ulysses* de Joyce.

"preênsil ao tronco": ou seja, segurou ou agarrou o tronco da árvore.

"cataclasma": um colapso ou uma quebra violenta.

"omnia vincit": latim para "conquista tudo"; uma subversão do "*amor vincit omnia*" da Mulher de Bath dos *Canterbury Tales* de Chaucer, como em "Text 3": "Niño, você precisa de uma lâmina,/ mas a Vaselina omnia vincit" (*CP* 38).

"exantema": erupção de pele. Emprestado, com a frase seguinte, de *Dream* (82).

"tronco da árvore bocejar": tema comum nos contos de fadas e nos livros infantis.

"avestruz": cf. o "pavãostruz" no poema "Spring song". A avestruz é uma versão de Gerion, o grifo que conduz Dante e Virgílio no Purgatório.

"Strauss... leva a vida na valsa": Beckett está fazendo um trocadilho com a palavra alemã para ostra, "Strauss", e os compositores de valsas Johann Strauss o Velho e Johann Strauss o Moço.

"faz questão de espiar meus mistérios... muito aplicado": porque Belacqua tinha acabado de afirmar "Eu nunca faço questão de saber os motivos". O zelador em "Draff" também "perdeu o interesse por todos os gastos mistérios" (*MPTK* 174).

"é CLARO": respondendo à pergunta implícita (também feita em *Dream*, 223), "Ela faz isso?"; no original datilografado, Beckett originalmente escreveu "ela faz" — antes de trocar por "iria ela —".

"amolleceu": um verbete no DN (449) diz: "molles (efeminado) S. Paulo"; isso é tomado do Novo Testamento em latim, I Coríntios 6:9, e também aparece em *Anatomia da melancolia* (II, 146) de Burton. Essa nota liga "Moll" com "Gall" por meio da calvície de S. Paulo. Lousse tenta "amollecer Molloy" em Molloy (46).

"engallanado": está para Gall assim como "amolleceu" está para "Moll".

"Poço de Diana": tomado de Burton (III, 285–6): "No poço de Diana, em que as criadas nadavam, prostitutas eram afogadas" (DN 962). Como Lady Gall contraiu sífilis do Barão Extravas, a resposta não surpreende. Também usado em *Dream* (34).

"tomá-la por mulher": formulação bíblica; dado o nome de Belacqua, Beckett pode estar pensando especificamente na história do Gênesis 38:2–4: "E viu Judá ali a filha de um homem cananeu, cujo nome era Sua; e tomou-a por mulher, e a possuiu. E ela concebeu e deu à luz um filho, e chamou-lhe Er. E tornou a conceber e deu à luz um filho, e chamou-lhe Onã." Cf. também Gênesis 16:2, já que se relaciona com a infertilidade. "E disse Sarai a Abrão: Eis que o Senhor me tem impedido de dar à luz; toma, pois, a minha serva; porventura terei filhos dela."

"puella": Burton (III, 238) municiou Beckett com a seguinte nota no DN (913): "uma lasciva & petulante virgem puella". Winnie no conto "Fingal" é uma "puella silenciosa" (*MPTK* 19).

"clitoridiano": a palavra está anotada no DN (456) – "clitoridiano (exuberância)" e deriva do *Onanisme seul et à deux* (78–9) de Garnier; cf. *Dream* (III, "puella clitoridiana"), uma carta para A. J. Leventhal de 26 de julho de 1934 e uma carta para Thomas MacGreevy (8 de setembro de 1935), em que ele descreve Nuala Costello como "aclitoridiana" (*LSB I* 274).

"cacoete": necessidade incontrolável ou "comichão"; mais conhecida pelo uso feito por Juvenal na sétima sátira sobre a comichão de escrever, como anotado no DN (1018): "*cacoethes (scribendi, loquendi)*". O caderno de "Whoroscope" traz "*tenet insanabile multos scribendi cacoethes*" (84r). Usada em *Dream* (133) com respeito a Joyce. A palavra "kakoethes" aparece na abertura descartada do poema "Serena I" (CP 298).

"civilidade selvagem": Robert Herrick elogia uma "civilidade selvagem" em seu poema "Delight in disorder".

"envolto": no começo do conto os olhos de Belacqua estão "envoltos em melancolia".

"Lethe": na mitologia grega um rio no Hades, cujas águas induzem ao esquecimento.

"uterotáfio": uma versão de uma das palavras favoritas de Beckett, "wombtomb".*
Combinando aqui as raízes latinas e gregas, respectivamente.

"essencialmente uma menina": o que deixa Lorde Gall sem um herdeiro.

"É assim neste mundo": essas são as palavras que concluem o conto "Draff", e assim *MPTK* foi publicado. A frase é tomada do conto "Gato e rato em companhia", dos irmãos Grimm; Beckett citou o original alemão em uma carta datada de 20 de agosto de 1970 em que ele contou a Jay Boyle que ele havia "capitulado" aos pedidos de que *MPTK* fosse reimpresso. Taquigrafia de Beckett para uma aceitação penosa dos modos do mundo, também pode ser encontrada em cartas a Pamela Mitchell (7? de janeiro de 1955) e Barbara Bray (23 de agosto de 1967 e 27 de maio de 1977).

* União de ventre (womb) e tumba (tomb). (N. T.)

"ver acima, página 7, parágrafo 2": ou seja, de volta à cerca, depois de sua aventura com Zaborovna.

"extinção total": em uma carta para MacGreevy (4 de agosto de 1937), Beckett afirmou que Samuel Johnson havia ficado "horrorizado com a aniquilação definitiva, à qual ele disse no temor de sua morte que preferiria uma eternidade de tormento" (*LSB I* 529).

"R.I.P.": "*requiescat in pace*"; antes de inserir esse "descanse em paz", Beckett na versão datilografada tinha originalmente escrito "inscrição, que não tinha qualquer valor literário". Em "Draff", Hairy Quin conta a Smeraldina que Belacqua disse a ele de uma inscrição que "ele teria aprovado, mas eu não consigo lembrar" (*MPTK* 180). O interesse de Beckett pela inscrição em lápides é epitomizado pelo narrador de *First love*, cujo epitáfio é "tem minha aprovação", mais do que qualquer outro de seus "outros escritos": "Abaixo jaz o que ainda vive agora/ Depois de ter morrido em tão grande demora" (62).

"mar": o fato de o cemitério ser à beira-mar traz à mente o poema "The Graveyard by the Sea", de Paul Valéry, assim como o cemitério Greystones, onde o pai de Beckett está enterrado.

"Ático": pertencente à Ática ou a sua capital, Atenas, com conotações de classicismo e elegância.

"clássico-romântico": toda essa passagem é um pastiche de material romântico e homérico, e foi transferida para o fim do conto "Draff" depois de "Ossos de eco" ter sido rejeitado por Chatto & Windus. O jogo antitético entre "romântico" e "clássico" é tomado, quase literalmente, dos parágrafos de abertura de *The Romantic Agony*, de Mario Praz.

"palavras da rosa à rosa": "Nunca morreu um jardineiro, nos anais da memória rosácea." A fonte é dada no *DN* (581): "R. de d'A. *Sofismo efêmero*. Fontanelles [sic] rosa disse que nenhum jardineiro havia morrido na memória das rosas..." De Bernard de Fontenelle, *Entretiens sur la pluralité des mondes* (1686), mas tomado por Beckett de Diderot, *Le Rêve de d'Alembert* (1769). Cf. também *Dream* (175) e "Draff" (180–1), onde a "rosa" é o cano da mangueira do jardineiro. Beckett citou a frase em uma carta a Avigdor Arikha datada de 14 de janeiro de 1977, acrescentando que o "conceito" está em Fontanelle.

"uma cançãozinha": adaptando a canção cômica "Je cherche après Titine" (1917), de Léo Daniderff, depois tornada famosa quando Chaplin cantou uma versão adulterada em *Tempos modernos* (1936). Beckett substitui "Estou procurando você, Titine" por "Eu te amo": "Eu te amo, Titine/ Devo te amar para sempre/ Porque você é a uva passa/ No bolo da minha vida". O zelador (Doyle) canta uma cançãozinha no fim de "Draff" (*MPTK* 181).

"submarino de almas": ecoando a balsa de Caronte carregando almas ao longo do rio Estige e Hades adentro na mitologia grega. Cf. também o funeral de Belacqua em "Draff", "Todos a bordo. Todas as almas a meio pau. Sim-sim" (*MPTK* 176), e o poema "Malacoda": "Todos a bordo todas as almas / meio pau sim-sim" (*CP* 21).

"Alba": Belacqua não é o único personagem familiar neste mundo *post-mortem*; Alba Perdue, baseada em Ethna MacCarthy, interesse romântico de Beckett, é um dos personagens principais de *Dream* e *MPTK*. Em "Draff", ficamos sabendo que Alba morreu "no curso natural de ser levada para casa" (*MPTK* 167).

"flamingo": no poema "Sanies I", o "velho negro e flamingo" se relaciona ao vestuário de Ethna MacCarthy.

"Cento e cinquenta e três iridescentes peixinhos": a referência é esclarecida no *DN*: "153 peixes pegos no Mar da Galileia = (12 Apóstolos) ^{2} & (Trindade) ^{2}" (703), o que Beckett tomou do capítulo do Deão Inge sobre

"Nature Mysticism and Symbolism" em *Christian Mysticism*: "No entanto certamente há uma vasta diferença entre ver no "glorioso sol que ilumina a todos" um tipo de "amor de nosso Criador", e analisar os 153 peixes pegos no Mar da Galileia como sendo o quadrado dos 12 Apóstolos e o quadrado das 3 Pessoas da Trindade" (272).

"gaff": arpão de pesca.

"fechou os olhos... visão": Nos anos 1930 Beckett comparava a escrita, e especialmente a escrita de poesia, com a visão e a capacidade de ter visões; frequentemente isso está ligado, como aqui, aos poemas visionários de Rimbaud, e a "O barco ébrio" em particular, que Beckett traduziu em maio de 1932. Em uma carta para MacGreevy escrita em 18 de outubro de 1932, Beckett afirmou que o tipo de poesia que ele queria escrever teria algo que ele encontrava "algumas vezes em Rimbaud": "a pureza das pálpebras que descem antes que o cérebro saiba que há areia no vento" (*LSB I* 135). Beckett também está se referindo aqui àquilo que ele chamava de "olho-suicida – *pour des visions* [por visões]" em Rimbaud (carta a MacGreevy, 11 de março de 1931; *LSB I* 73), relacionado à criança no poema "Les Poètes de sept ans" que esfrega os olhos para produzir visões distorcidas.

"Não, nem qualquer outra pessoa": ecoando o "Nenhum homem me agrada; não, nem mulher alguma" de Hamlet (II, II); adaptado por Joyce no episódio de Cila e Caribde de *Ulysses*.

"Draff": o título do último conto de *MPTK* como foi finalmente publicado; também era para ser o título da coleção toda antes de o editor Charles Prentice da Chatto ter pedido a Beckett um "título mais animado" (25 de setembro de 1933). A palavra "draff" é tomada da *Imitação de Cristo* (III, XV) de Tomás de Kempis: "Eu os vi refestelarem-se em resíduo de cervejaria destinado aos porcos" (*DN* 590). Outra fonte possível é o prólogo da *Lenda das boas mulheres* de Chaucer, que também deu a Beckett o título de *Dream*: "Por que escreveste/ a palha das histórias, e esqueceste o milho?" Por fim, a palavra também significa "os resíduos deixados pela produção de cerveja".

"Doyle": o zelador sem nome do conto "Draff", que é deixado terminando o enterro de Belacqua.

"zoster": um cinto ou cinta. Cf. o "Blaupunkt zoster" em *Dream* (67).

"Stultum Propter Christum": "Um Tolo em Nome de Cristo", derivado da *Imitação de Cristo* (I, XVII) de Tomás de Kempis e anotado, com tradução ("Um tolo por Xist")*, no DN (573). Cf. I Coríntios 4:10: "Nós somos loucos por amor de Cristo".

"não está reconhecendo o Bel": apelido que Smeraldina usa para Belacqua em *Dream*; Doyle compreensivelmente não reconhece Belacqua, que já estava morto em "Draff". Cf. Hamlet, em conversa com Horácio no cemitério, falando do (falecido) Yorick: "Eu o conhecia" (V, I).

"barro consagrado": em Milton, *Paraíso perdido* (V, I, 321), Adão é "barro consagrado da Terra".

"como o bate-estacas da estorinha": provavelmente uma referência à estória "João, o Destemido" dos irmãos Grimm.

"lápide": No fim de "Draff", faz-se referência à "companhia de lápides suspirando e brilhando como ossos" (*MPTK* 180). Beckett descreve a lápide de seu pai em uma carta a MacGreevy, 27 de julho de 1933.

"mujique-máquina": um mujique é um camponês ou servo russo, aqui potencialmente desempenhando trabalho fabril.

* Abreviação de "Cristo". (N. T.)

"Tolo": em nome de Cristo, como indica a tatuagem de Doyle.

"Eu sou o corpo": como na Eucaristia, estabelecendo o paralelo entre Belacqua e Cristo nesta cena.

"corpo natural... corpo espiritual": a distinção como feita por Paulo na Bíblia: "Semeia-se corpo natural, ressuscitará corpo espiritual. Se há corpo natural, há também corpo espiritual." (I Coríntios 15:44). Beckett cita essa passagem, e os quatro versículos precedentes, em uma carta para George Duthuit de fevereiro de 1950: "*De ce salaud de Paul j'ai dû te citer un fragment du passage suivant*"* (*LSB II* 180).

"foi embora e voltou": a primeira de muitas vezes em que Doyle se afasta para se aliviar.

"Põe aqui": ecoando as palavras de Cristo a Tomé quando ele apresenta dúvida: "Põe aqui o teu dedo, e vê as minhas mãos; e chega a tua mão, e põe-na no meu lado; e não sejas incrédulo, mas crente." (João 20:27).

"uma pequena cavidade": em uma carta para MacGreevy de 18 de outubro de 1932, Beckett afirma que de seus poemas ele prefere aqueles que não são "*construits*" e que são "escritos sobre um abcesso e não a partir de uma cavidade" (*LSB I* 134).

"a afronta da cadela azul": em "Walking out", o cão de Belacqua urina nas calças de um vagabundo, que responde com uma voz "desprovida de rancor" (97). A família Beckett tinha terriers Kerry Blue.

* "Desse safado do Paulo eu tive que citar um trecho da passagem seguinte." Em francês no original. (N. T.)

"uma bestinha por causa de um certo Cristo": um tolo, novamente se referindo à tatuagem de Doyle.

"Vou de seis contra quatro": cf. as apostas feitas sobre as capacidades de Hamlet como esgrimista.

"pentáculo": na versão datilografada, Beckett havia inicialmente escrito "quincunce".

"garrafa não de cerveja preta mas de schnapps": referência ao fato de que em "Draff" o zelador Doyle bebe Guinness (*MPTK* 174).

"temas abemolados": Em "Draff", esses são "os antigos temas perfurados recorrendo, deformando os agudos do som" (*MPTK* 197).

"bougie": francês para "vela de cera".

"ametista": a palavra significa "não bêbado" ou "não embriagado", derivando da crença de que a pedra podia evitar a embriaguez; ela não dá "uma chance decente" ao álcool.

"tentação e voos comerciais": da *Imitação de Cristo* (III, 1) de Tomás de Kempis, como anotado no *DN*: "esta vida frágil que é toda tentação & fidalguia" (596). Cf. também *Dream* (3 e 45).

"minhas numerosas esposas e admiradoras": uma referência às várias ("perto de razoável") mulheres com quem Belacqua tem relacionamentos em *MPTK*.

"latrina... papel": tomado de Burton (I, 23), e anotado no *DN* como "cantores fétidos & sua carmina quae legunt cacantes" (727). O latim é de um epigrama de Marcial, e é traduzido como "poemas que as pessoas leem na latrina". Beckett cita a frase em uma carta para MacGreevy de 8 de novembro de 1931 (*LSB I* 94).

"palha": uma anotação no *DN* (1174) cita Chaucer: "Deixa da palha, & escreve bem sobre o milho" (Skeat, A text, l. 529).

"Irish Statesman": o *Irish Statesman* era um jornal editado por AE (George Russell); publicado pela primeira vez em 15 de setembro de 1923, e que fechou em 12 de abril de 1930. AE recusou dois textos que Beckett enviara ao jornal, possivelmente o conto "Assumption", no verão de 1929, e um poema na primavera de 1930. O interesse de AE na psique fica evidente no título de um de seus artigos, "O poeta e sua psique".

"Sr. Quin": a referência aqui é a "Hairy" Capper Quin, padrinho de Belacqua e, depois de sua morte em "Draff", o homem que o substitui nos afetos de Smeraldina. Embora seja calvo, seu nome "Hairy" sugere potência, e ele pode ser pai dos bebês de Smeraldina mencionados neste conto. Um personagem chamado "Quin" aparece nos primeiros esboços de *Watt*, depois novamente em *Mercier and Camier* (como "alguém que não existe"), em *Malone morre* e no inédito conto francês "Ici personne".

"para adotar a feliz expressão do Sr. Quin": confundindo as palavras de Smeraldina em "Draff": "Hairy caseiro" (*MPTK* 174).

"casa final": referindo-se à morte ou antes ao tipo de aniquilação final de que até agora Belacqua não se deu conta.

"a pocilga": Beckett tinha escrito originalmente "a maior parte de meus fins de semana".

"anexim de algum valor": de valor apenas por ser uma revisão elaborada da próxima frase (como repete Hairy Quin em "Draff").

"aguilhões... Morte": citando o texto bíblico "Onde está, ó morte, o teu aguilhão?" (I Coríntios 15:55), citado literalmente em "Draff" (*MPTK* 177).

"nota mental": refletindo a prática criativa do próprio Beckett "agarrar notas" de suas leituras (carta para MacGreevy, início de agosto de 1931).

"Limbo": lugar em que vivem os que não foram salvos mas não têm pecados; no Inferno de Dante, o primeiro círculo. Cf. *Dream* (44, 50, 63, 181 e 188) e o poema "Casket of Pralinen" (CP 68).

"raiz do útero": antecipando a pergunta do Sr. Rooney em *All that fall*: "Você já quis matar uma criança? [. . .] Acabar com um jovem destino em botão" (CDW 191).

"cianose": cf. "rosto cianasado [*sic*]" (DN 1020); a fonte de Beckett é *The Principles and Practice of Medicine* (1892), de Sir William Osler, escrito para ser usado por médicos e por estudantes de medicina e especialmente a seção sobre "Alcoolismo". Cianose é um efeito do consumo excessivo de álcool. A palavra ou versões da palavra aparecem em *Dream* (62), nos poemas "For future reference" e "Casket of Pralinen" (CP 29 e 32), no conto "Love and Lethe" (*MPTK* 85) e em *Murphy* (102).

"Gonococcus": a bactéria *Neisseria gonorrhoeae*, causadora da gonorreia.

"setenta anos": visto tradicionalmente como a duração da vida, como no Salmo 90:10.

"cálida cordialidade": relacionado ao ditado "aquecer a chama de seu coração"; nesse contexto um desprezo pela busca da felicidade.

"Cárdio réchauffé": chama requentada do coração, por assim dizer.

"Pintor e decorador comunista": que também aparece em *Dream* (219).

"eis que brota, o Mick que eu conheço": mais uma referência ao *Moby-Dick* de Melville.

"grande coração humano livre, selvagem e ambicioso": dito de Lutero no *On Heroes and Hero Worship* (370), de Carlyle, como anotado no DN: "grande coração humano livre, selvagem e ambicioso dele" (281). Cf. *Dream* (196).

"sacou a referência": cf. Fielding, *Tom Jones*, onde a expressão aparece mais de uma vez (por exemplo IV, 10).

"lagarta constrangida... origens": como indica a referência a "origens", Beckett alude à *Origem das espécies* de Darwin, que ele leu no verão de 1932. No capítulo VII sobre "instinto", Darwin descreve as descobertas de seu colega Huber, que observou que se uma lagarta fosse interrompida durante a construção de seu casulo e levada a um ponto anterior ou semelhante da construção, ela simplesmente terminava o trabalho do ponto em que parou; "se, no entanto, uma lagarta fosse retirada de um casulo construído, por exemplo, até o terceiro estágio, e fosse colocada em um concluído até o sexto estágio, de modo que grande parte de seu trabalho já estivesse feito, ao invés de se beneficiar disso, *ela ficava muito constrangida*, e, para completar seu casulo, parecia forçada a começar do terceiro estágio, onde tinha parado, e assim tentava completar o trabalho já concluído" (grifo meu). Beckett também usa a anedota em *Murphy*, quando Miss Counihan para no meio de uma frase e tem de voltar ao começo "como a lagarta de Darwin" (135).

"ostensivamente aliviado": a pressão na bexiga de Doyle está aumentando.

"reloginho": em *Dream*, o mundo de Balzac é descrito como sendo povoado por "repolhos reloginhos" (119) e o personagem Chas é um "demônio reloginho" (203). Em "A wet night" isso é substituído por "esse reloginho Bartlett" (*MPTK* 45).

"voz": Belacqua se torna uma "voz"; nas *Metamorfoses* de Ovídio apenas a voz e então os ossos de Eco permanecem à medida que ela se consome.

"olhos… cheios de lágrimas": Em "What a misfortune", os olhos de Belacqua ficam "úmidos" depois de Hairy Quin dizer a ele "Você perece na sua própria abundância" (*MPTK*), a citação vindo de Agostinho (III, XII) e anotada no *DN*: "O filho dessas lágrimas não perecerá" (89). Isso por sua vez está ligado aos "bebês" nos olhos de Zaborovna.

"falatório empolado": em uma carta do início de setembro de 1931 Beckett disse a MacGreevy que "o sujeito precisa entortar a roda do poema ou correr o risco da tolerância de Nordau" (*LSB I* 87). Beckett tinha lido recentemente o livro *Degeneration* (1892) de Max Nordau.

"honre teu pai… Göthe": cf. Renard, *Journal* (22 de fevereiro de 1890), "*Honore ton père, et ta mère, et Virgile*", sublinhado na cópia pessoal de Beckett e anotado no *DN* (214). Aparece em *Dream* (178) com Goethe substituindo Virgílio, como aqui.

"Luminoso… vento": citando o verso 7 do poema "The poet's mind", de Tennyson, do qual vários versos são anotados no *DN* (1159) e em *Dream* (87).

"Afinadíssimo": "regular a altura das cordas de um instrumento musical" (OED). Frequentemente, como aqui, usado figurativamente para provocar ou estimular sentimentos ou pensamentos. Aqui Belacqua está em tal estado de excitação que ele (ou suas cordas) corre o risco de "estourar".

"equívoco, ou melhor, erro": adaptando uma frase copiada no *DN* (37), "Pior do que um crime, um erro", tomado de Lockhart (255), que por sua vez está citando Fouché sobre a execução do Duque d'Enghien em 1804. A frase "A manteiga foi um equívoco" aparece em "Dante and the Lobster" (*MPTK* 6).

"oliva da gorja convulsa": ou seja, o pomo de Adão; a palavra "oliva da gorja" está no *DN* (526), citando Giles, *The Civilization of China* (131).

"riscado": como Belacqua foi no conto "Yellow".

"Horror! Amanhecia": como o fantasma de Hamlet, Belacqua deve partir antes que amanheça.

"Aurora, abortando": como a vaca anteriormente.

"enxoval": "Um conjunto completo de vestuário, artigos de toalete, e cama para uma criança recém-nascida" (OED).

"Pfui": Alemão para "eca".

"bist du nicht willig": Alemão para "se você não está disposto"; citando o poema "Erlkönig" de Goethe — o verso no original continua "então usarei a força".

"Fora": significando "exceto", a palavra também aparece em "Dante and the Lobster" e em "What a misfortune" (*MPTK* 10 e 130).

"inaudível": tendo pedido a Zaborovna para "falar mais alto", Belacqua agora não consegue ouvir o que Doyle diz; como acima baseado em Virgílio no Inferno de Dante, que é "*chi per lungo silenzio parea fioco*" (rouco de tanto silêncio)" (TCD MS10966/1, 1r).

"de rigueur": francês, exigido pelo costume ou pela moda.

"cronologiazinha amalucada": uma reclamação comum nos escritos iniciais de Beckett; cf. o criticismo de "adorável solo cantoplano pitagoreano de causa e efeito" em *Dream* (10).

"começar pela Pomba e terminar com o Filho": uma referência à Anunciação em que o Espírito Santo aparece à Virgem Maria como uma pomba.

"escapa à minha preensão": ou seja "está além da minha compreensão", citando o "On murder considered as one of the fine arts", de Thomas de Quincey, como anotado no DN: "Escapa à minha preensão dizer..." (718). Também usado em *Dream* (49).

"Bola na rede... de novo": ou seja, fim de jogo; "de novo" já que a frase foi usada pelo vagabundo em "Walking out" (*MPTK* 98), onde encerra uma conversa prematuramente.

"dias pastorais": referência ao conto "Walking out", que descreve a viagem de Belacqua às montanhas de Dublin.

"Tânatos": palavra grega para morte.

"reintegrar a matriz": um comentário no DN, tomado do *De Kant à Nietzsche* (6) de Gaultier, diz: "Monoteística ficção bicúspide: Bíblia & Platão: rasgado pelo fórceps do sofismo da matriz violada da Razão Pura...!" (1149).

"a morte vir e me desfazer": cf. "A terra devastada", de T. S. Eliot: "Uma multidão fluía pela Ponte de Londres, tantos,/ Eu não tinha imaginado que a morte havia desfeito tantos" (II, 62–3); por sua vez, como indica uma nota de Eliot, vem do Inferno de Dante: "E atrás veio uma fila tão longa de pessoas, que eu nunca teria acreditado que a morte havia desfeito tantos" (III, 55–7).

"veleidades": desejo ou inclinação sem ação ou esforço. T. S. Eliot usa a palavra no poema "Portrait of a lady". Também encontrado em *Dream* (43 e 152).

"gula... Gália": possivelmente brincando com Gall e Gael, estrangeiro na ou nativo da Irlanda.

"acabou pondo ali o seu dedo": reprisando a história da dúvida de Tomé.

"todos o fazem": com um possível aceno em direção à ópera *Così fan tutte* (Todas fazem assim) de Mozart. Também em *Dream* (223) e "A wet night" (MPTK 62).

"pó... do peito de uma pomba": anotado no DN (865) e tomado de Burton (III, 132). Aplicado em *Dream* a Smeraldina (31) e a Alba (111).

"caixa da Nichol's": a empresa funerária encarregada do sepultamento do pai de Beckett, William Beckett, chamava-se Nichols and Co.

"saturnino": usado aqui tanto no sentido de "sombrio" como relacionado a chumbo.

"agitato": italiano para "agitado", usado em música como símbolo de dinâmica.

"Gottlob": alemão para "Graças a Deus".

"tomalá": a palavra aparece, sem hífen, na resenha de Beckett de 1934 de *Windfalls*, de Sean O'Casey (*Dis* 82).

"mostre uma fagulha": cf. Dickens, *Oliver Twist*: "Mostre uma fagulha, Toby".

"Adão, aquele velhote bonzinho... serviços": citando as palavras de Orlando em *Noite de reis* (II, III), de Shakespeare – "Oh bom e velho homem" — a quem ele também elogia pelos "constantes serviços".

"Delicadeza e luz": citado em uma carta para Nuala Costello de 27 de fevereiro de 1934 (com "obliteram a melancolia" em vez de, como aqui, "obliteram a dor"); possivelmente de Matthew Arnold, *Culture and Anarchy* (1869), de acordo com o qual o objetivo da cultura é "fazer com que todos os homens vivam em uma atmosfera de delicadeza e de luz".

"qual aranha consumir-se": registrado no DN como "consumir-se como uma aranha (alma)" (135), e tomado de Agostinho (VII, X). Cf. *Dream* (68 e 73).

"molhando a mão de algum santo": Beckett está possivelmente se referindo à prática de ter de pagar para ver pinturas em igrejas; uma versão das velas votivas.

"Qual vai ser": coloquial para "o que você gostaria de beber", também usado em *Dream* (203) e "A wet night" (MPTK 47).

"menino petrificado com uma tocha na mão": na época anterior à iluminação das ruas, meninos que carregavam tochas acesas para iluminar o caminho para pedestres.

"anxiomaníaco": a palavra "anxiomania", significando "angústia frenética", está anotada no DN (659), tomada do *Degeneration* de Nordau (226).

"rajadas do tramontano": adaptando uma nota no DN, "rajadas de vento (*A pequena Dorrit*)" (1036), do cap. 9 do romance de Dickens. "Tramontano" é a expressão italiana para um vento do norte. Cf. *Dream* (139) e "Yellow" (MPTK 155).

"cabala de serpentes": uma referência ao romance *Le Nid de vipères* (*O ninho de víboras*, 1932) de François Mauriac.

"Mark Disney": pensando em Walt Disney?

"Goldwasser": uma bebida produzida em Danzig; em *Dream*, a maruja Eva prefere Goldwasser a Steinhäger (99).

"abotoadinho": Beckett está se referindo aqui a Beethoven, tanto em função da carta em que o compositor "desabotoa a si mesmo", quanto da Sétima Sinfonia, chamada "desabotoada". DN tem um comentário "a 7ª & 8ª aufgeknoepft" (1107), tomado da *Vie de Beethoven* de Romain Rolland. Cf. *Dream* (138, 188 e 227) e "What a misfortune" (MPTK 131).

"ter mordido aquilo": com um aceno em direção a um comentário no DN (819), adaptado de Burton (II, 186): "O castor arranca a mordidas seus testículos — para que possa viver". Reaparece em *Dream* como "um capítulo muito convincente de História Natural" (63) e em *Murphy* (135).

"punhado de pedras": nas *Metamorfoses* de Ovídio, Eco, desprezada por Narciso, desaparece até que apenas sua voz e seus ossos, transformados em pedras, permanecem.

"apagar da vela": citando Burton (II, 151), como evidenciado no DN: "a memória dele fede como o apagar de uma vela" (816). Cf. *Dream* (120).

"Assim vai o mundo": o conto termina com uma repetição de um dos sentimentos favoritos de Beckett, tomado do conto "Gato e rato em companhia" dos irmãos Grimm.

CARTAS DE CHARLES PRENTICE DA CHATTO & WINDUS PARA SAMUEL BECKETT

Charles Prentice para Samuel Beckett, 25 de setembro de 1933

Caro Sam,

A Chatto teria grande prazer em publicar os contos, e nós gostaríamos de fazer a você a seguinte oferta. Contos são um negócio arriscado, que deixa a biblioteca e o livreiro de olhos arregalados. Por isso é meio difícil sugerir um adiantamento, especialmente quando '*Proust*' pagou apenas dois terços do dele, mas eu espero que £25 pareça justo para você. [...]

O livro tem tamanho suficiente para ser vendido a 7 xelins e seis centavos, e nós o publicaríamos no começo do ano que vem. [...]

Você poderia arranjar um título mais animado? Eu acredito que a maioria das pessoas não sabe o que é "Draff", mas, se forem procurar, elas não vão gostar.

[...]

E viva também se você der um jeito de escrever aquele continho a mais. [...]

Sempre seu,
Charles

Charles Prentice para Samuel Beckett, 29 de setembro de 1933

Caro Sam,
[...]

Muito obrigado por pensar de maneira tão amável no título do livro. Nós também preferimos "More pricks than kicks". É muito melhor do que "Draff", tenho certeza, mas se outro ocorrer a você, a substituição pode ser feita facilmente. [...]

Mais 10.000 palavras, ou mesmo 5.000 na verdade, iriam, tenho certeza, ajudar o livro, e seria ótimo se você conseguisse esticá-las. Seria preciso ter o manuscrito completo antes de mandar para impressão, para que eles possam planejar adequadamente o número necessário de páginas. Mas nós podemos facilmente esperar um mês ou seis semanas antes de enviar o manuscrito, e sem dúvida você saberá até lá se um acréscimo é ou não possível.

Sempre seu,
Charles

Charles Prentice para Samuel Beckett, 4 de outubro de 1933

Meu caro Sam,
[...]

Fico feliz que Belacqua Lázaro estará andando novamente em breve. Deixe-me apertar a mão dele assim que você conseguir comprar um ingresso para ele. A próxima aparição será uma alfinetada ou um chute?* Quanto mais eu penso nisso, mais eu gosto desse título. [...]

Sempre seu,
Charles

* Referência a Atos dos Apóstolos, 26:14, que dá origem ao título do livro *More Pricks Than Kicks*. "Dura coisa te é recalcitrar contra os aguilhões", diz o

Charles Prentice para Samuel Beckett, 2 de novembro de 1933

Caro Sam,
[...]

"Ossos de eco" é um título saboroso, e, pelo tom de seu cartão-postal, imagino que logo os 10.000 pios estarão embrulhados e a caminho de Londres. Bom para Belacqua. Desistir dele? Onde já se viu! [...]

Sempre seu,
Charles

Charles Prentice para Samuel Beckett, 10 de novembro de 1933

Meu caro Sam,

Que grandão! Muito agradecido mesmo por "Ossos de eco". Devo lê-lo com prazer neste fim de semana. [...]

Sempre seu,
Charles

Charles Prentice para Samuel Beckett, 13 de novembro de 1933

Caro Sam,
É um pesadelo. Terrível e simplesmente persuasivo demais. Me deu tremeliques. As mesmas horríveis e imediatas mudanças de foco e a mesma louca e insondável energia da população. Há pedaços com os quais eu não me conecto. Lamento muito me sentir assim. Talvez sejam só os detalhes, e eu posso ter uma intuição correta da

---

texto bíblico. Os "pricks" são as alfinetadas, referência a aguilhões. Os "kicks" são os chutes, que se referem a "recalcitrar". (N. T.)

impressão geral. Lamento, pois odeio ser burro, mas espero não ser totalmente insensível. "Ossos de eco" certamente me atingiu como um soco.

Você se importa se nós o deixarmos fora do livro — isto é, publicarmos *More Pricks Than Kicks* na forma original em que você nos mandou? Embora fique meio curto, ainda poderemos pôr o preço de 7 xelins e 6 centavos. "Ossos de eco", tenho certeza, faria com que o livro perdesse muitos leitores. As pessoas vão ter arrepios e ficar desorientadas e confusas; e elas não vão morrer de vontade de analisar os arrepios. Tenho certeza de que "Ossos de eco" reduziria as vendas de maneira bastante considerável.

Odeio ter de dizer isso, e ainda me decepcionar também, e espero que você me perdoe até onde for possível. Por favor tente fazer concessões; o futuro do livro também afeta você.

Isso é um desastre terrível — da minha parte, não da sua, Deus me livre! Mas eu preciso confessar. Uma falha, um ponto cego, chame eu do que quiser. No entanto o único pedido de misericórdia que eu posso fazer é dizer que o toque gelado daqueles dedos redivivos foi demais para mim. Estou sentado no chão, e há cinzas sobre minha cabeça.*

Por favor escreva gentilmente,
Sempre seu,
[Charles]

* Forma de luto religiosa típica de judeus e que faz referência a um trecho do conto ligado à imposição católica de cinzas na testa dos fiéis na Quarta-Feira de Cinzas. (N. T.)

Charles Prentice para Samuel Beckett, 17 de novembro de 1933

Caro Sam,
Seu perdão é como um óleo absolutório — mas não posso me perdoar por meu fracasso. Muito, muito obrigado. Se puder, gostaria de ficar com "Ossos de eco" mais um pouco, mas vamos adiante com a montagem do livro. [...]

Sempre seu,
Charles

Charles Prentice para Samuel Beckett, 4 de dezembro de 1933

Caro Sam,
Devolvo "Ossos de eco". Para o cemitério comigo! As provas estão chegando, e você já deve ter recebido um bom tanto. Espero que você goste da aparência da página etc. [...]

Sempre seu,
Charles

Charles Prentice para Samuel Beckett, 11 de dezembro de 1933

Caro Sam,
Muito agradecido pelas cópias do restante das provas de Belacqua. Fico feliz que você tenha colocado aquele pedacinho novo no final. Certamente ficou melhor. Obrigado também pela canção secreta do zelador — uma paisagem zoológica de um tipo verdadeiramente clássico-romântico! Fico orgulhoso de merecer partilhar desse segredo dele. [...]

Sempre,
Charles

ESTE LIVRO, COMPOSTO NA FONTE FAIRFIELD,
FOI IMPRESSO EM PAPEL PÓLEN SOFT 80 G/M, NA GRÁFICA BARTIRA,
SÃO PAULO, BRASIL, OUTUBRO DE 2015